Reinhold Hermann Schäfer

Die Hechtzauberer

EDITION OCTOPUS

Reinhold Hermann Schäfer »Die Hechtzauberer«

Die Edition Octopus erscheint im
Verlagshaus Monsenstein und Vannerdat OHG Münster
www.edition-octopus.de

Umschlaggestaltung / Satz: Klaus H. Theuerkauff, Kiel
Erstlektorat: Elke Arriens-Swan
Printed in the EU

ISBN 3-86582-011-5

Meinen Freunden
In Erinnerung an wunderbare Zeiten
RHS

I. Teil

In die Asche hinein

Herrmann, Horst, Holger und der junge Heinrich hatten sich auf einem der Seminare, wie sie in dieser Zeit üblich waren, kennen gelernt. Sie beschäftigten sich mit der neuen Rolle des Mannes in der modernen Gesellschaft.

Der „Alte", der die Treffen leitete, war der 73-jährige Henry, Meditationslehrer aus San Francisco. Mit zwanzig Jahren bei den US Marines, den gefürchteten Ledernacken, hatte er eine Beinverletzung erlitten und humpelte seitdem an einem Krückstock. Über die amerikanische Armee war er nach Japan gekommen und anschließend lange Zeit in einem Zen-Kloster geblieben.
Sein schlurfender Gang, seine leicht herunterhängende verwaschene Jeans und seine gutmütigen Augen unterstrichen seine entspannte Haltung gegenüber dem Leben. Mit seinem langen grauen Bart entsprach er dem Bild eines liebevollen Großvaters. In einem kleinen Dorf bei Rosenheim in Bayern hatte er ein kleines Zimmer auf einem Bauernhof. Er lebte von dem wenigen Geld, das er sich durch Vorträge und Seminare verdiente. Manchmal arbeitete er auch für Kost und Logis, wie es Tradition bei den Bettelmönchen im alten Japan gewesen war. Wenn das Geld ganz knapp wurde übte er seinen ehemaligen Beruf als Krankenpfleger aus.
Er verfasste auch Gedichte, die er verschenkte. Eine seiner Spezialitäten waren Stories, die er bei den langen Zugfahrten, wenn er am Wochenende zu den Kranken unterwegs war, zusammenfügte. Er schnitt aus Illustrierten und Boulevardblättern Bilder und Überschriften heraus, klebte sie zusammen, und poetische Geschichten entstanden. Eine handelte vom Sterben und hieß: Gut zum Ende.

Henry ging oft barfuß in Sandalen, er hatte einen massigen Körper, sehr große fleischige Hände und breite Füße, und um seinen Hals baumelte ein aus Bronze gegossenes Amulett, das in einer Silhouette die beiden Sohlen eines Mannes zeigte.
Denn Henrys eigene geistige Grundhaltung war, dass Männer über spitze Steine und blumige Wiesen barfuß durchs Leben gehen müssten. Das symbolisierte für ihn, dass sie den Schmerz und die Schönheit des Lebens in aller Gänze erfahren sollten.
Herrmann fragte in seiner ironischen Art einmal mitten im Seminar, ob denn dann seine Schuhe Kondome und Überzieher seien, wenn er so auf Mutter Erde herum spazierte? Doch der alte Zenmönch ließ sich nicht aus der Ruhe bringen. Er wollte, dass die Männer offener für ihre eigenen Gefühle und ihre Seele würden.
In seinen Vorträgen und Seminaren nannte Henry immer wieder Beispiele in denen alte Männer junge in das Mann-Sein initiierten und ihnen dadurch eine gewisse Orientierung für das Leben boten.
Sie hatten doch so viele Fragen an sich selbst:
Warum fühlten sie sich oft so leer?
Warum so unsicher?
Warum waren sie so wütend?
Warum waren sie orientierungslos?
Vor allem aber, was waren die wirklichen Stärken und Schwächen des modernen Mannes? Ganz konkret?
Das interessierte die Männer auf diesen Treffen am meisten.
Ab und zu las ihnen der Alte Gedichte vor.
Eines hieß: In die Asche hinein.
„Männer müssen in die Asche hinein
Männer müssen erst lernen, Tränen zu vergießen

in Gegenwart anderer Männer und
so die Wunden heilen, die sie erlitten.
Danach können sie erst die Fähigkeit erlangen
zu weinen und so die Wunden zu heilen,
die sie verursacht haben."

Er bezog sich dabei auf die Gewalttätigkeit der Männer, vor allem der jungen, aber gleichzeitig auch auf die Geschichte vom Feuervogel Phönix, der nach seinem Ende immer wieder neugeboren aus der Asche emporsteigt.

Herrmann war nicht immer mit den Methoden des Alten einverstanden. Er war der Meinung, dass die Männer in diesen „Teebeutelrunden", wie er die japanischen Teezeremonien Henrys verächtlich titulierte, zu oft Nabelschau veranstalteten und sich selbst beschuldigten, als mutig und wach in die Welt zu blicken.
Das Ganze war ihm zu verweichlicht und nicht kraftvoll genug. Dennoch faszinierte ihn der Alte mit seiner Ruhe und Gelassenheit. Henry hatte eine klare Vision vom Leben der Männer. Sie sollten mehr Mitgefühl und Hingabe an die Welt entwickeln. Herrmann spürte, dass er viel Leid, Kranke und Sterbende im Leben gesehen hatte und ein großes Herz besaß.
Der Alte trank übrigens nicht nur gerne Tee nach japanischer Art, sondern auch nach russischer Art, wie er selbst behauptete. Dann kippte er löffelweise Marmelade anstatt Zucker hinein.
Jeder hat so seinen Spleen, dachte Herrmann und verzieh dem bettelnden Guru.
Herrmann verglich das Wissen und die Methoden des Japaners und Schweigers, wie er Henry auch nannte, mit

dem, was er selbst wusste. Er hatte in den letzten Jahren von seinem Wohnort Bremen aus öfter Reisen in die Waldwildnis Kanadas unternommen und bei einer dieser Reisen in der Nähe der James Bay in den nordöstlichen Wäldern sogar einen alten Indianer aus dem Stamm der Objiway kennen gelernt. Der hatte ihm erzählt, wie grausam die Natur sein konnte. Viele Stämme seien früher im Winter verhungert oder an Seuchen umgekommen. Deshalb hätten sie in ihren Stämmen eine klare Führung und genaue Absprachen im Äußeren wie auch eine enge Verbundenheit im inneren emotionalen Bereich gebraucht.
Herrmann identifizierte sich sowohl mit den Fähigkeiten als auch dem Niedergang der Indianer. Das Leiden der Naturvölker erinnerte ihn an seinen eigenen schmerzlichen Lebensweg als Alkoholiker. Er und die Indianer waren am Feuerwasser gescheitert.
Die indianische Kultur besaß seiner Meinung nach aber auch Geschichten und Mythologien, in denen es mutige Krieger und Helden gab, die visionäre Entscheidungen trafen.

In der fernöstlichen Kultur von Henry blickte man eher nach innen und überließ die Dinge allzu sehr dem Strom des Lebens. Aber so viel Ahnung hatte Herrmann davon nun auch wieder nicht.
Auf jeden Fall war die Wildnis nicht idyllisch, und die Eingeborenen waren nicht so heilig, wie Henry sie gern darstellte, das wusste Herrmann wirklich besser.
Herrmann hatte bei seinen Aufenthalten in Kanada von den Indianern einiges gelernt, unter anderem, dass es bei ihnen tatsächlich eine geistige Ordnung und Kosmologie mittels der vier „Hauptkräfte“ gibt.

Krieger, Liebhaber, Magier, König sind auf diesem geistigen Kompass magische Wesenheiten. Sic sind die Kardinalspunkte der Lehre des Stammes, keine toten abstrakte Begriffe, sondern tatsächlich wirkende Geister, mit denen die Weisen des Stammes sogar in Zwiesprache gehen. Sie ordnen diesen vier Hauptkräften auch die vier Himmelsrichtungen und die vier Elemente Feuer, Wasser, Erde und Luft zu. Der Krieger entspricht dem Feuergeist, der Liebhaber der Wesenheit des Wassers, der Magier der dunklen , geheimnisvollen Erde und der König der klaren Luft. Pflanzen, Tiere und Steine sind auf diesem Lebensrad, das sie Medizinrad nennen, auch zu finden. Sie werden auch als Wesen mit Seele betrachtet. Medizin bedeutet Lebenskraft, Essenz und Substanz. Und so ist bei ihnen alles mit Seele und Lebenskraft behaftet.
Herrmann war dennoch etwas skeptisch, denn für ihn hatte - wenn überhaupt - nur der Mensch eine Seele; aber diese inneren und äußeren Ordnungsprinzipien gefielen ihm.
Das Modell, das die Weisen der Indianerstämme gefunden hatten, um die Welt zu erklären, bot eine gewisse Ordnung, an der man sich festhalten konnte.

Als ehemaliger Schauspieler und Künstler hatte Herrmann bereits einen besonderen Zugang zur Welt der Imagination und Phantasie, war es auf der Bühne doch auch immer darum gegangen, sich möglichst perfekt zu verwandeln und in eine Person hineinzuversetzen.
Den Begriff der vier Elemente kannte er von seinen Charakter- und Typenstudien: den feurig Fordernden, den gefühlvoll Lieblichen, den erdig Kernigen und den phantasievollen Luftikus.
Und diese Vierheit gab es auch im Indianischen. Herrmann sah da gewisse Ähnlichkeiten.

In den Seminaren, die Henry abhielt, störte es Herrmann, wenn die Männer dem Guru zu sehr nacheiferten. Zu den Eiferern gehörte Heinrich, den er spöttisch „Zauberlehrling" nannte. Er war mit seinen 29 Jahren der jüngste der Männer im Männerseminar und befand sich noch in der Ausbildung zum Krankengymnasten. Heinrich meditierte genau so viel wie Henry, ergänzte diese Art der Selbstbesinnung aber durch ein konsequentes Karatetraining. Dadurch hatte er einen muskelbepackten Männerkörper entwickelt. In seinen halb hohen Sandalen mit Haltebändern aus überdickem Jeansstoff und mit dem wehenden Haar sah er wie ein unfertiger Jesus aus, beziehungsweise wirkte er wie ein Jünger des Alten, weil auch der immer Sandalen trug. Heinrich besaß viele Selbstzweifel. Ja, er „besaß" sie richtiggehend und wollte sie auch nicht hergeben.
Vielleicht war er deswegen Herrmann, der innerlich oft unsicherer war als er es nach Außen zugab, dann doch noch sympathisch geworden.
Heinrich kam aus Kiel und war wirklich der Lehrling. Er war schüchtern und dann doch wieder gierig nach spannenden Momenten des Lebens. In Henry sah er einen großen Lehrmeister, bemerkte aber Gott sei Dank im Laufe der Zeit immer mehr, dass er seinen eigenen Weg finden und vor allem zu seinen Fehlern stehen müsse, die ihm beim Nachahmen von Henry unterliefen.

Horst, von den anderen „Krabbenhorst" genannt, war stolzer Sohn eines ostfriesischen Aal- und Krabbenfischers. Er hätte das hochmoderne Fangschiff seines Vater übernehmen sollen, hatte stattdessen aber lieber Informationstechnologie studiert und war Computerexperte geworden. Dennoch erzählte er immer wieder

gerne von seinen Erlebnissen auf der Nordsee, im Wattenmeer und beim Krabbenpulen. Er kannte immer noch die Stelle, an der man einen Aal anfassen musste, damit er irritiert war und nicht mehr wusste, ob er vorwärts oder rückwärts aus der Hand flutschen sollte, und schlaff zwischen zwei Fingern hing. Und Horst legte Wert darauf, dass die anderen „Granat“ statt „Krabben“ sagten, denn das war der korrekte Fachausdruck. Vielleicht bestanden sie aber gerade deswegen auf dem Namen Krabbenhorst.
So waren sie, die Männer.
Krabbenhorst nannten sie zusätzlich „Kapitän des Wissens und der Meere“, weil er gerne psychologische Systeme und Philosophien durchschaute und deren Brüchigkeit entlarvte. Er war der Wissenschaftler unter ihnen. Merkwürdigerweise hegte er gleichzeitig große Zweifel an eben dieser Wissenschaft. Krabbenhorst war auf eine besondere Art selbstbewusst, wenn es ums Diskutieren ging. Auf seine Gefühle allein konnte und wollte er sich allerdings keinesfalls verlassen.

Er war Vater von zwei Kindern, einem fünfjährigen Jungen und einem dreijährigen Mädchen. Er selbst war 45 Jahre alt. Seine Familie liebte er über alles und opferte dafür einen Teil seiner Karriere als Softwareentwickler in der Flugzeugindustrie. Horst war ein kerniger, stämmiger Ein-Meter-achtzig-Mann mit wilden, widerborstigen, schon etwas angegrauten Korkenzieherlocken. Krabbenhorst hatte einen klaren Blick. Seine Haltung dem Leben gegenüber war von Verantwortung und sozialem Gespür geprägt. Er lebte in einem kleinen bescheidenen Häuschen, das er sich mit seiner Frau angeschafft hatte. Naturökologische Baustoffe hatte er bei der Reno-

vierung des Reihenhäuschens mitverwendet. Das Haus lag in einem fast dörflich zu nennenden schmucken Bezirk der Metropole Hamburg.
Er lud gerne Freunde ein. Seine Frau und er waren froh nicht mehr Singles zu sein.
Zu Hause konnte sich Horst bei der Entwicklung elektronischer Pläne für den Bau eines Flugzeugs stundenlang vor den Computer setzen und die Zeit vergessen. Anschließend naschte er Unmengen an Marzipan, ohne dass ihm dabei schlecht wurde. Zu seinem 42. Geburtstag hatte er zwanzig Kilogramm Marzipan von den anderen Männern geschenkt bekommen.

Holger war 38 Jahre alt und Umweltingenieur in einem Bezirksamt in Hamburg. In seiner Freizeit konstruierte er verschiedene Modelle windschnittiger Fahrräder, bei denen ihn am meisten Synergieeffekt und Kraftübersetzung faszinierten. Seine heimliche Liebe aber galt dem Tango Argentino, weshalb er bei den Männern auch „Tangoholger“ oder „der Tänzer“ hieß.
Er war der Optimist, hatte Erfolg bei den Frauen und war ein Hansdampf in allen Gassen. Er war ein freundlicher, smarter Mann- manchmal zu freundlich. Dann sagten die anderen leicht veräppelnd „nice guy“, also „netter Junge“ zu ihm.
Einem anderen Mann wirklich die Meinung von Angesicht zu Angesicht zu sagen war für ihn unmöglich.

Nach einer dieser elend langen Meditations- und Teebeutelrunden, die wieder einmal in zu viel Gejammer über die Schlechtigkeit der Welt abzukippen drohte, hatte Herrmann eines Tages die Idee, endlich etwas zu tun, und zwar für junge Männer. Er fand seine eigene Idee genial, nicht nur

im eigenen Brei herumzuhängen, sondern tatkräftig etwas zu unternehmen. Für sein Empfinden hockten sie bei Henry zuviel auf Meditationskissen herum und träumten sich ihre Welt zurecht.
In vielen Zeitungen stand doch etwas über junge Männer, die ihren Lehrer verprügelt hatten, sich nach Saufgelagen selbst verletzten oder die beim S-Bahnsurfen zu Tode gekommen waren.
Ein Schüler hatte sogar seinen Lehrer erschossen.

Warum sollten sie nicht eine spannende Wildnisreise mit jungen Männern unternehmen?
Die Sorgen und Nöte der jungen Männer kennen lernen und sie und sich selbst mit der rauen Wirklichkeit konfrontieren?
Henry war sofort auf Herrmanns Idee eingegangen, als ob er nur darauf gewartet hätte. Die Flexibilität des Alten überraschte ihn. Heinrich, Holger, Horst waren sofort Feuer und Flamme.

Junge, freche Vögel

Und so waren die fünf Abenteurer mit zwölf jungen Männern zu einer 14-tägigen Kanutour von den Bergen Norwegens hinunter auf die große schwedische Seenplatte gestartet, die Boote schwer beladen mit großen Verpflegungstonnen voller Proviant, Zelten und kleinen Handwagen, um steile Stromschnellen zu umgehen.

Ein bunt gemischtes Häuflein sind sie gewesen, die fünf Alten und die Jungen: Kriminelle aus Heimen und Gymnasiasten mit Drogenproblemen, alle zwischen 15 und 18 Jahren. Die Letzteren hatten allesamt noch bei den Müttern gelebt und waren mit ihren Handys und übergroßen Turnschuhen auf der Straße herumgehangen.

Auf der Abenteuertour beobachteten die fünf erwachsenen Männer erstaunt, wie sich die Heimjungen und Gymnasiasten in der Wildnis Stück für Stück wandelten. Die Machos wurden umgänglicher, die Softies stellten sich als zähe Burschen heraus. Klugscheißerische Gymnasiasten erkannten die kraftvollen Haudegen in ihrer Einfachheit an, während die zum Raufen neigenden Jungs ab und zu anfingen, längere Sätze zu sprechen. Aus trampeligen Nashörnern wurden geduldigere Nashörner. Aus intellektuellen Gymnasiasten, verwöhnten Muttersöhnchen und eitlen Pfauen wurden freche Vögel mit Herz. Natürlich mussten auf der langen Zugreise nach Nordschweden die vorbeiziehenden Dörfchen Laxviken, Alviken, Liljeviken oder das schwedische Wort für Wörterbuch - Fickbord - zu allerlei sexuellen und nicht ausgelebten Phantasien herhalten, aber so waren sie eben, die nicht mehr ganz unschuldigen jungen Männer.

Aus einem plötzlich auftauchenden Vielfraß, der in der Waldwildnis in Mannshöhe hinter einer Kiefer hing und um die Ecke glotzte, wurde ganz schnell ein Furcht erregender Grizzly und erschreckte sie so sehr, dass sie am liebsten gleich ihr Zelt bei den alten Männern aufgebaut hätten.

Im Laufe der Wildnistour hatte Herrmann die Jungs zum Nachdenken angestachelt und begonnen, ihnen eine Reihe von Rätseln zu stellen und Geschichten zu erzählen.
Wie jagt der weiße Mann den Bären?
Wie der rote Mann?
Wie raucht der weiße Mann, wie der rote?
Wie paddelt der weiße Mann, wie der rote?
Wie liebt der weiße Mann, wie der rote?

Die etwas sonderbare Fragestellung hatte sich im Laufe der Jahre, in denen Herrmann die Methoden der europäisch technisierten Welt mit den naturbezogenen Bräuchen und Sitten der Indianer verglich, in seinem Inneren geformt.
Die europäischen Abenteurer, die in den Wäldern Kanadas Grizzlybären jagten, kamen mit Landrovern und ballerten mit ihren modernen Hightech-Schusswaffen. Das faszinierte die Jungs. Aber auch die Art, wie die Indianer das Tier mit Honig in eine unterirdische Falle lockten und es dann erlegten, nachdem sie tagelang auf Fährtensuche waren und ab und zu gemütlich die große Pfeife rauchten. Bei den weißen Männern hingegen hatte jeder seine eigene Zigarettenschachtel dabei, was allerdings von den Jugendlichen auch als Vorteil eingeschätzt wurde.

Sie veranstalteten mit den Kanus auf den klaren Seen und wilden Flüssen Wettrennen, dass das Wasser nur so spritzte. Am Anfang stießen alle die Paddel schnell und hektisch in das Wasser. Später zogen sie mit tiefen und kraftvollen Schlägen davon. Der Bug durchschnitt die Wellen. Die Muskeln waren angespannt. Die jungen Männer, aber auch die alten schwitzten und kämpften bis zum Umfallen. Wer würde wohl als Sieger aus diesem Wettkampf hervorgehen?
Sie spritzten sich mit ihren teilweise ungelenken Bewegungen patschnass. Anfeuerungsrufe der Hintermänner schallten über den See. Wenn der Sieger nach 500 Metern feststand, machten sie Pause. Sie dümpelten erschöpft in Ufernähe, hielten sich gegenseitig an ihren Kanus fest, schnauften wie kleine Stiere im Morgendunst und lagen erschöpft nach hinten gebeugt in den Booten.
Dann wechselten sie ihre Positionen. Der Vordermann, der bisher den Motor gespielt hatte, saß nun hinten und der Steuermann vorn.
Und erneut ging es los. Es gab noch mehr Geschrei, aber auch Flüche wurden ausgestoßen. Es machte einen Höllenspaß. Gymnasiasten und Sensibelchen, Berserker und Kuschelbären waren unterwegs.
Danach glitten sie lautlos und elegant wie die Indianer am Ufer des Sees entlang und beobachteten die winzigsten Regungen der Natur.

Natürlich hatten sie vorher das Kanufahren geübt. Die Alten hatten sich in Deutschland extra darauf vorbereitet. Jetzt zeigten sie den Jungen, wie man das Paddel richtig hält und sein eigenes Gefährt ruhig steuert. Die Jungs waren heiß darauf, am eigenen Leib zu erfahren, wie es

war, gegen den Wind kämpfen zu müssen oder sich mit dem Wind treiben zu lassen.
Die Seen lagen oft ruhig und versonnen da. Das Kanu glitt und schwebte lautlos über das Wasser.
Beim Ein- und Aussteigen musste man natürlich aufpassen, denn das Kanu hatte keinen großen Tiefgang, lag labil im Wasser, rutschte seitlich weg und kippte dann um. Auch die Steine am Ufer konnten glitschig sein.
Sie erklärten den Wissbegierigen einen besonderen Schlag, bei dem das Paddelblatt immer unter Wasser bleibt. Die Führungslinie gleicht dem Buchstaben J.
Es ist eine Kunst, ihn zu beherrschen. Man bewegt sich dadurch geräuschlos, fast geisterhaft über das Wasser und kann immer auf einer Seite des Bootes paddeln. Wenn man allein ist, braucht man nicht einmal die Seite zu wechseln. Es ist ein Genuss, wenn man diese Technik beherrscht.
Am Anfang schmerzen allerdings im Ober- und Unterarm ein paar kleine Muskeln, die sonst nie beansprucht werden. Das Kanu lässt sich immer wieder in eine gerade Linie zurückholen, es bricht nicht nach der gegenüberliegenden Seite aus, was normalerweise der Fall ist. Mit Geduld kann man diese besondere Art des Kanufahrens nach einiger Zeit lernen.

Über die Liebe des weißen Mannes und des roten Mannes sprachen sie in intimeren Runden.
Dazu stellten sie in der Mitte der großen Lappenkote, die wie ein Indianertipi aussah, fünf Kerzen und um diese noch einmal zwölf brennende Kerzen auf. Die fünf erinnerten an das Lebenslicht der Alten, die zwölf Kerzen an das der Jungen.

Die Alten saßen im inneren Kreis, vor sich die 17 Kerzen. Hinter ihnen hockten die zwölf jungen Männer.
Je nach Temperament erzählten Tangoholger, Krabbenhorst, Herrmann, der junge Heinrich und auch der alte Henry von ihren Liebesabenteuern, Beziehungs- und Eheerfahrungen mit den Frauen.
Auch von ihren „Körben" und Frustrationen, die sie sich im Laufe der Zeit bei der einen oder anderen Dame abgeholt hatten.
Jeder der jungen Männer solle seinen eigenen Weg finden können, das war die Devise der Alten.
Deshalb sollten allgemeine Plattheiten oder pseudowissenschaftliche Statistiken vermieden werden. Jeder der Alten sollte nur von sich und seinen eigenen Erfahrungen reden. Die Jungen sollten nur zuhören, später waren Einzelgespräche vorgesehen. Die zwölf jungen Männer waren gespannt.

Herrmann legte los.
„Meine Liebesaffären im Künstlermilieu haben meistens eineinhalb Jahre gedauert."
„So lange, wie eben ein mittelmäßiges Theaterstück gespielt wird. Dann kam das nächste Engagement", schob Krabbenhorst unter den erbosten Blicken der anderen dazwischen. Er hatte gleich am Anfang die wichtigste Regel durchbrochen, nämlich nichts zu kommentieren.
„In jüngeren Jahren habe ich ein merkwürdiges Erlebnis mit meiner Freundin gehabt. Es war in den 68ern. Kuschelsex und Zärtlichkeit waren „in" und wir Softies sehr beliebt bei den emanzipierten Frauen. Doch plötzlich hatte meine Liebste einen anderen, einen typischen Macho, wortkarg und muskelbepackt. Als ich sie vorsichtig zur Rede stellen wollte, behauptete sie einfach, es sei

ihr zu langweilig gewesen. Ich verstand die Welt nicht mehr, da ich mir doch so viel Mühe gegeben hatte. Aus Frust probierte ich danach einige halbseidene Damen aus. Doch da ich meistens betrunken war, kann ich euch heute von den Bordellbesuchen nicht mehr viel berichten.

Ich hatte zwei acht Jahre dauernde Beziehungen."

Ein junger Mann fragte unvermittelt dazwischen.

„Was bedeutet eigentlich nymphoman?"

„Liebestoll", fügte Herrmann kurz ein und erzählte dann einen frivolen Witz.

„Eine Frau und ein Mann begegnen sich im Speisewagen der Bahn. Der Mann fragte die Dame, woher sie denn komme?"

„Von einem Nymphomanenkongress", antwortet sie.

„Und haben sie was Neues erfahren?"

„Ja. Die Indianer können am längsten Sex machen und die Polen am besten."

„Gestatten, sagt der Mann:

„Mein Name ist Winnetou Kowalski!"

Alle lachten.

„Wie der rote Mann liebt, weiß ich nicht", fuhr Herrmann fort.

Dann lächelte er süffisant.

„Und da im Film „Der mit dem Wolf tanzt" sich nur die Bärenfelle leicht bewegten, glaube ich, dass die eher Kuschelsex pflegten."

Tangoholger schilderte sein Liebesleben in schillernden Farben.

„Ich kenne ein besonderes indisches Buch mit dem Titel „Kamasutra". Es enthält viele Abbildungen mit Liebesstellungen. Die wurden sogar in heiligen Tempeln zu Ehren einer männlichen Gottheit und einer weiblichen Göttin praktiziert."

Die jungen Männer horchten auf und versuchten sich den Namen des Buches zu merken.

Dann war der Charmeur unter den fünf Alten noch etwas angeberisch und stellte sich als besonderer Kenner dar.

„Es gibt ja unterschiedliche Ausdrücke wie „vögeln", "bumsen" oder „ficken". Jedes dieser Wörter beinhaltet eine spezielle Haltung zur Sexualität. „Ficken" hat einen derberen Beigeschmack als das weiche „Bumsen". Ich benutze am liebsten Sex haben."

Die Jungen grinsten, und von hinten hörte Herrmann, dass sie „poppen" geflüstert hatten.

„Meine Frau ist sehr chaotisch", begann Krabbenhorst und erzählte über die Schwierigkeiten in seiner Ehe.

„Sie stapelt unglaublich viele Dinge auf der Ablage des Küchenschrankes. Na ja, ich bin ja eher ordentlich. Konflikte und Streitereien sind so natürlich vorprogrammiert. Wir haben zwei kleine Kinder. Zur Zeit haben wir wirklich wenig Sex. Ich frage mich manchmal, ob wir noch zusammen wären, wenn wir nicht Kinder hätten."

Krabbenhorst Stimme klang dabei nicht einmal deprimiert, sondern klar und realistisch.

Herrmann zog bei dieser Schilderung nachdenklich die Augenbrauen hoch, beendete aber diesen verdeckten Kommentar, bevor ihn die anderen als einen solchen erkennen konnten.

„Nach 1000 Tagen fällt die Maske der Verliebtheit sowieso, dann weiß man, ob Liebe da ist, die trägt. Und wir sind jetzt sechs Jahre zusammen“, setzte Krabbenhorst hinzu.

Der Bettelmönch schmunzelte.
„Ich stehe auf langen Beinen. Doch sowohl meine erste Frau als auch meine zweite hatten eher kurze. Für mich ist es immer darum gegangen, genug Nähe, aber auch genügend Distanz zu meiner Partnerin zu halten. Ich bin ja eher ein Distanztyp. Ich glaube, dass Frauen eher Nähe suchen als Männer, die lieber mehr Raum haben. Und wenn die Männer dann misstrauisch von den Frauen kontrolliert werden, werden sie schnell wütend. Worauf die Frauen sie noch mehr kontrollieren. Worauf die Männer noch wütender werden. Ein vertrauensvolles Gespräch darüber kann da manchmal helfen. Frauen und Männer sind manchmal wie Feuer und Wasser.“

Herrmann war hellwach. Das hatte er auch immer vermutet.

Dann ereiferte sich noch der Zauberlehrling über die schlüpfrigen Zoten eines Dieter Bohlen in der Boulevardpresse und fragte sich, warum die Frauen auf solch einen Mann hereinfielen. Zog sich aber fast den Zorn der anderen vier Alten zu, weil er nichts über sich selbst und seine neue Freundin erzählt hatte und sie sich erinnerten, dass er sich öfter darüber beklagt hatte, dass seine Freundin sexuell wenig aktiv war.

Dann war die Runde zu Ende.

Zwar war nicht deutlich geworden, worin nun der Unterschied zwischen dem weißen und roten Mann bezüglich der körperlichen Liebe bestand, außer dass es der eine eher im Büffelfellzelt oder im Freien an einem romantischen Fluss trieb und der andere in einer zentralbeheizten Stadtwohnung, aber der Anfang war gemacht mit dem Austausch über die sexuellen Lüste, Gewohnheiten und Frustrationen der Männer.

Es gab hier in Nordschweden unendlich viel Zeit, um über weitere Geheimnisse und Unsicherheiten zu plaudern.
Sie ließen den jungen Männern diese Zeit, bis sie Vertrauen zu ihnen fassten. Sie identifizierten sich mit den erwachsenen Männern, die für sich in der Wildnis gut sorgen konnten und hörten ihnen immer mehr zu. Denn jemandem, der schmackhafte Spaghetti auf einem einfachen Feuer zubereiten konnte, dem glaubte man schon mal was von dem, was er über die Liebe zu sagen hatte.

Den eigenen Vater hatte man manches nicht gefragt. Der hatte nach der Arbeit mit sich selbst zu tun. Oder er war zu nah dran an seinem eigenen Sohn, den er liebte, und das machte es ihm manchmal schwer, klar zu bleiben.
Außerdem konnte er nicht alles wissen.
Und bei manchem jungen Mann war der Vater nicht mehr da, den man hätte fragen können.

Weitere Runden über Beruf, Gott und die Welt folgten.
Die Nordlandtour mit den frechen Vögeln im letzten Jahr war ein Erfolg.
Leider war es auf der Rückfahrt von Nordschweden nach Hamburg in Stockholm noch zu einem ernsten Zwischen-

fall gekommen. Beim Umsteigen in den Nachtzug stellte sich heraus, dass die Jungs aus dem Heim mächtig besoffen waren. Auch die Muttersöhnchen hatten zugelangt. Zwei mussten sich direkt auf dem Bahnsteig übergeben. Eine Fensterscheibe war aus dem Abteilwagen herausgefallen. Die Polizei kam und nahm Hans, einen der Randalierer, mit. Natürlich wusste keiner von irgendetwas, niemand hatte etwas gesehen.

Herrmann musste mit Hans eine Nacht in Stockholm verbringen, die anderen waren nach Hause gefahren.

Zurück in Deutschland, machten sich die fünf Alten gegenseitig Vorwürfe, wussten aber bald, dass dies unsinnig war. Sie hatten die Umstellung von der Wildnis wieder zurück in die Zivilisation einfach etwas unterschätzt und waren nicht aufmerksam genug gewesen.

Draußen im Wald hatte es ja auch ein paar Schwierigkeiten gegeben. Ein junger Mann hätte beinahe einen Waldbrand verursacht. Ein Kanu war in den Stromschnellen zu Bruch gegangen.

Dennoch überlegten sie.

Musste das Ganze wirklich in der Wildnis stattfinden? Konnten die existenziellen Fragen der jungen Männer nicht zu Hause beantwortet werden?

Aber sie waren immer wieder zum gleichen Ergebnis gekommen, dass die Wildnis in ihrer Schönheit und Härte der klarste Spiegel war, den die jungen Stiere sich selbst vorhalten konnten. Stärken und Schwächen eines jeden wurden sofort sichtbar. Draußen in der freien Natur wurde jedem sofort bewusst, dass durch das kaputte Kanu die Last anders verteilt werden musste

und dass die Verpflegung oder Kleidung aus der davon geschwommenen Verpflegungstonne schmerzlich fehlte. Beides hatte sofort und spürbar Konsequenzen. In der großstädtischen Zivilisation konnte man diese Grundgesetze des Lebens nur sehr indirekt begreifen.
Auch die besondere Nähe unter Männern, in der gelebte Erfahrungen ausgetauscht werden konnten, entstand draußen in der Wildnis, fort von Mammis Schoß, schneller.

Die fünf wollten sich in Zukunft dennoch genauer mit der Bedeutung von Initiation, also der Einweihung in die Grundmuster reifen, männlichen Verhaltens, beschäftigen.
Und dazu musste jeder noch einiges mit sich selbst klären. Sie wollten ihre Stärken und Schwächen noch besser erkennen. Sie wollten noch tiefer in ihr Inneres blickten, um eine Reise, die mehr als ein Pfadfinderabenteuer sein sollte, mit jungen Männern verantwortungsvoll durchzuführen. Erst danach wollten sie einem jungen Mann Orientierung auf dem Weg ins Erwachsensein anbieten! Nicht nur mit schlauen Ideen, sondern mit einer Überzeugung, die aus ihrem Körper, ihrem Geist und ihrer Seele kam. Herrmann wusste, dass es nach diesem Schritt gelingen würde, die jungen Männer ins Mann-Sein einzuweihen.
Die anderen bremsten ihn ein wenig. Sie kannten Herrmanns Lebensgeschichte.

Sie beschlossen, noch einmal eine Reise in das Wildnisgebiet zu unternehmen, und zwar allein, ohne junge Männer.

Die Alten unter sich

So waren sie dieses Jahr im Juni um die Mitsommerwende wieder in Nordschweden gelandet. dieses Mal ganz allein ohne die jungen Männer.

Hinter ihrer kleinen Halbinsel schloss sich eine größere Halbinsel an, die höher aufragte und die kleine optimal vor den Stürmen und dem kräftigen Norwegenwind schützte. Die Böen fegten dadurch über sie hinweg, wenn draußen auf dem See die Wellen bis zu einem Meter hoch tobten. In ihrer verborgenen, schlecht einsehbaren Bucht war das Wasser ruhig. Fünf kleine Einzelzelte standen auf dem wilden Fleckchen Erde, das die Form eines Dreiecks hatte. Nach hinten wurde das Halbinselchen breiter.

Krabbenhorst kampierte ganz vorne an der Spitze. Nur wenig Zentimeter vom Wasser entfernt, das ihn links und rechts leise plätschernd umspielte. Das Wasser war sein Element.

In der ersten Mulde stand das Zelt von Henry, der inzwischen 74 Jahre alt war. Heinrich, gerade 30 geworden, hatte ihm geholfen, die Mulde mit Tannenzweigen auszupolstern, damit er gerade und weicher liegen konnte, denn Henry hatte nur eine alte Isomatte und keine sich selbst aufblasbare Thermorestmatte wie die anderen Männer dabei. Zelt und Rucksack für die geplante Wildnistour hatte er sich geliehen, lebte er ja von der Hand in den Mund. Er hatte am wenigsten Gepäck auf der Nordlandtour dabei.

Dann kamen die dunkelgrünen Lappenkoten. Sie standen sich in einiger Entfernung gegenüber. Die kleine Kote war als Trockenzelt gedacht, die große war das Aufenthaltszelt für alle, wenn es nur noch regnete oder wenn sie Lust hatten, zusammen zu hocken und zu erzählen. Dazwischen war die Feuerstelle. Nach den großen Koten und der Feuerstelle kam die mit einem graugrünen Plastiktuch baldachinartig überspannte Küche in der Mitte der Halbinsel.

Dahinter zeltete Heinrich mit offenen Blick auf den See.

Tangoholger, der Koch, platzierte sich zwischen die beiden Koten und die Küche in die Nähe der Feuerstelle.

Herrmann lag mit seinem modernen schwedischen Röhrenzelt weit hinten ganz nah an der Innenseite der Halbinsel in der Nähe des Sumpfes.

Besessenheit und ein Fluch

Herrmann war mit seinem Leben unzufrieden. Er betrachtete sich als Gescheiterten.
Er war zweimal geschieden und hatte viele Frauenaffären hinter sich. Er war zwar erfolgreicher Schauspieler und Entertainer gewesen, aber nachdem er mehrere Jahre nicht mehr vom Alkohol und von Drogen losgekommen war, war der Stern seines Erfolgs gesunken. Er hatte eine Entziehungskur in einer Suchtklinik hinter sich gebracht. Nun trank er keinen Alkohol mehr. Auf die Bühne zurück ins Scheinwerferlicht wollte er allerdings nicht mehr. Er befürchtete im Milieu der Künstler wieder rückfällig zu werden. Ja, davor hatte er wirklich Angst. Er war damals dem Tod gerade noch einmal von der Schippe gesprungen.
Aber wer war er jetzt ohne die Zündkerzen und Beschleuniger, wie er die kleinen Schnapsflaschen nannte? Ohne das Feuerwasser, mit dessen Hilfe die Lebenslampe glühte und dann doch beinahe erlosch?
Seine Alkoholsucht schien er im Griff zu haben, aber ein Suchender war er geblieben.
Er fragte sich, woher seine ständige Unruhe und das Getriebensein kamen?
War es die innere Leere, die er nicht aushielt? Dieses Niemandsland der Gefühle?
Rannte er vor der Einsamkeit weg wie so viele Männer, wenn sie nichts zu tun hatten?

Er wollte eine neue Aufgabe finden.
Er suchte etwas anderes. Was genau wusste er noch nicht. Er ging bereits auf die fünfzig zu.

Jahrelang war er ohne rechten Halt gewesen. Das Theater und der Alkohol hatten ihm Ersatz für intensive Lebensgefühle und ein wenig Kontakt zu Menschen geboten. Immerhin. Aber jetzt funktionierte er so nicht mehr.
Herrmann wollte mehr.
Herrmann war ein Mann auf der Suche nach dem tieferen Sinn seines Lebens.
Herrmann war ständig unterwegs.

Gestern hatte er mehrere Stunden im Wildwasserfluss, der weiter oben in den See strömte, geangelt. Immer wieder hatte er gehofft nur einen Biss zu spüren, ein Ziehen in einem unbekannten perlenden Strudel, das verhieß, dass ein Fisch an der Angel hing. Er hatte sich unmerklich dazu verleiten lassen, trotz starker Strömung immer weiter auf glitschig-bemoosten Steinen trotz starker Strömung ins Wasser zu waten. Hier und da hatte er einen „Hänger", das heißt, der Blinker hatte sich unter einem Stein verfangen.
Er hatte versucht den Blinker zu lösen, während er im eiskalten Wasser stand, das ihm in die hohen Gummistiefel lief. Dabei rutschte er aus, fiel ins gewaltige Wildwasser und verfing sich mit einem Bein in der Nylonleine seiner Angel. Die Leine hatte ihm den Oberschenkel abgeschnürt, sie riss nicht, der Haken löste sich nicht vom Stein. Herrmann hatte seine Angel ins Wasser fallen lassen und versuchte gegen den Strom zu schwimmen.
Dies war ihm einige Minuten gelungen lang, dann hatten seine Kräfte nachgelassen. In diesem Moment riss die Schnur an der scharfen Kante eines Steines.
Die Angel, die er extra neu gekauft hatte, wurde fortgetrieben.

An diesem Abend wollte Herrmann den Hecht in der Bucht in der Nähe seines Zeltes mit Krabbenhorsts Angel erwischen.
Die Mitternachtssonne leuchtete taghell von den norwegischen Bergen auf die schwedische Seenplatte hinunter.
Seine Freunde hatte Herrmann längst vergessen. Äußerlich waren es nur 50 Meter, die ihn in seinem modernen schwarzen Polyesterkanu von den anderen Männern trennten, aber innerlich war er bereits Kilometer entfernt.
Während Herrmann aufmerksam und sensibel für jede Bewegung im Wasser auf den Sumpf zutrieb, tauchte eine fast unheimliche Stimme in ihm auf.
„Du musst weitermachen, bis du ihn hast!"
Diese Stimme kannte Herrmann. Sie war schon in seiner Jugend aufgetaucht.
„Du musst weiter machen, bis zum Umfallen!"

Ob beim Fußball, bei einer Rad- oder Bergtour. Immer ging es darum, dass er kein Ende fand. Fast zwanghaft und besessen betrieb er die Dinge. Später bei seinen Saufeskapaden genauso. Er kannte keine Grenzen. Betrachtete jeden und alles als seinen Gegner, den er bezwingen wollte. Zum Schluss sogar den Alkohol selbst. Doch der gewann irgendwann eindeutig die Oberhand.

Hier oben im Norden war Herrmanns Gegner der Hecht und Herrmann wollte es wieder einmal wissen. Aber sein Gegenüber kannte sich in den Gewässern besser aus als er. Der Hecht war hier geboren. Die klaren Flüsse mit seinen sumpfigen Ufern und verwachsenen Buchten waren sein Element. Er lauerte in nur 20 Zenti-

meter tiefen Wassermulden am Rande des Sees auf seine Beute. Junge Wildentenküken waren sein Leckerbissen! Er jagte, wenn er Lust oder Hunger hatte, manchmal nur aus Neugier und Spieltrieb.
Es gab Zeiten, da dümpelte er versonnen im Kraut, da schwammen kleine Barsche gemütlich vor seinem Maul herum, ohne dass ihn das interessierte. Dann war er wieder gierig und schoss zielstrebig auf sein Ziel los. Dabei kannte er keine Grenzen und war besessen, wie Herrmann.

Bis etwa fünf Meter vor den flachen Teil der bewachsenen Fläche schlich sich Herrmann, dann warf er seinen Spezialblinker aus.
Der Hecht biss sofort zu.
Ungeduldig zerrte Herrmann den Fisch ins flache Wasser. Doch der Fisch riss sich samt Blinker im Maul mit einer ruckartig peitschenden Schwanzbewegung los. Ein paar Sekunden sah Herrmann ihn noch am Uferrand im Wasser innehalten, dann tauchte das Tier blitzschnell weg und verschwand wieder im Sumpf.

Herrmanns rechtes Auge schmerzte von Adrenalinschüben. Es wurde schmal vor Zorn. Mit seinen kurzen roten Haaren und abstehenden Ohren sah Herrmann in diesem Moment aus wie Loki, der Zerstörer und Feuerteufel aus der germanischen Edda, die Figur aus der Rheingoldoper, die Herrmann, der ehemalige Schauspieler, liebte. Er bewunderte diesen dynamisch-luziferischen und provozierenden Gott, der in der Ursage der Germanen die menschliche Geschichte mit List und Tücke und seinen Verwandlungskünsten zum Laufen brachte wie der Teufel in der christlichen Bibel. Herrmann waren Gier und Wut Lokis ins Gesicht geschrieben.

Innerlich sprach Herrmann wie Loki in der Edda:
„Wer ist der Fisch, der durch die Fluten schießt
Und sich vor Schaden nicht schützt?
Aus der Hölle Haft Dein Haupt nun löse,
Gib mir Feuer der Flut, das rote Gold!
Sage mir, Andwari, Du Zwerg in Hechtgestalt,
Wenn Du unter Menschen länger leben willst,
Wo hast Du das Gold?“

Und der Hecht fluchte in Herrmanns Kopf:

„Das Gold, das Glück brachte,
Soll Brüder zweien und bringen den Tod
Und acht Generationen lang Fehde wecken.
Niemanden nütze mein Gut!“

Dann paddelte Herrmann frustriert ins Basislager zurück.
Es war schon nach Mitternacht, und die Sonne verschwand für eine halbe Stunde hinter den Bergen, bevor sie wieder im Nordosten auftauchte.

Krabbenhorst konnte nur Vermutungen anstellen was in Herrmann vorging. Er bastelte noch im Zwielicht dieser spätfrühen Stunde aus einer aufgedröselten Sisalschnur und einer Astgabel in aller Ruhe einen Fischkescher. Denn Herrmann hatte den einzigen, den sie mitgenommen hatten, in der Eile am Bahnhof in Hamburg stehen lassen.

Krabbenhorst fragte sich, was Herrmann eigentlich stundenlang trieb, ohne einen Fisch mitzubringen.
Aber vielleicht wollte er allein sein?
Krabbenhorst baute geduldig weiter, ging dabei systematisch vor und legte alle langen einzelnen Bindfäden vor sich auf den Waldboden. Die kurzen befestigte er an den kleinen Ästen der Kiefern, die den Feuerplatz umgaben. Er sah bei der Arbeit konzentriert aus und gleichzeitig entspannt.
Krabbenhorst war strebsam.
Sie hatten doch unendlich viel Zeit hier auf der kleinen Halbinsel an diesem wundervollen See.

Jäger und Gejagter

Hungriger Wolf - so nennt mancher Angler den Hecht - schwebte in der sumpfigen Bucht nicht weit von Herrmanns Zelt entfernt wie ein Raumschiff durch sein Revier. Mit seinem Seitenlinienorgan spürte er jede Bewegung im Wasser. Aus den Druckwellen, die durch Fische oder andere im Wasser lebende Tiere ausgelöst wurden, ermittelte er instinktiv die Gestalt, die Geschwindigkeit und den Ort, wo sich die Beute befand. Er konnte seine Beute erfühlen. Herrmanns Kanu kam zu bestimmten Zeiten. Der Hecht empfand es als Eindringling, der das feine Flechtwerk von faulenden Schwemmhölzern und Sumpfpflanzen auseinander riss. Dadurch ging seine Deckung verloren, die er für die Jagd auf die Beutefische brauchte.

Wenn die Mitternachtssonne schräg auf die Bucht vor dem Sumpf schien und er sich zu einem Ausflug hinausbegab, schwamm er schräg, damit seine helle Bauchunterseite ihn nicht verriet. Je nach Lichtstimmung und Bewuchs des Wassers passte er über in die Haut eingelagerte Farbzellen, die auf Lichtreize in seinem gierigen Auge reagierten, seine Farbe der Umgebung an. Blitzschnell schoss er auf seine Beute los. Dann war er der rotbraun-golden glänzende Schlangenpfeil im Wasser. Seine Rücken- und Schwanzflossen fungierten als Antriebsaggregate. Er konnte aus dem Stand rasend schnell beschleunigen und schlug dann mit seinen rasiermesserscharfen Fang- und Haltezähnen, die nach hinten gerichtet waren, zu. Er musste deshalb aufpassen, dass das Tier nicht zu groß für ihn war, denn wenn er erst einmal zugebissen hatte, konnte er nicht mehr loslassen und erstickte. Aber er konnte mit seinem Seitenlinienor-

gan alles vorher abmessen. Höchstens die eigene Gier konnte ihn bedrohen.
Manchmal döste er versonnen im sumpfigen Kraut und blubberte leise mit seinem entenförmigen Maul vor sich hin. Mit seiner Schwimmblase regulierte der Fisch, ob er tiefer sinken oder an der Oberfläche das Lichtspiel der nördlichen Sonne und der Wolken genießen wollte.

Herrmann trocknete am Feuer seine Jeans, die bei dem abendlichen Angelausflug nass geworden war, holte sein Zedern-Kümmel-Ölgemisch aus der Jackentasche und rieb sich damit gegen die aufkommenden Moskitos ein. Die Sonne war inzwischen wieder hinter dem Berg im Nordosten hervorgekommen. Es war wahrscheinlich gegen zwei Uhr morgens.

Krabbenhorst knüpfte noch immer am Kescher.

Tangoholger war auch noch wach. Leicht konnte man hier oben im Norden Zeit und Stunde vergessen. Er sang leise ein spanisches Liedchen und bereitete grünen Tee mit Vanillegeschmack zu. Inzwischen schon etwas müde, schaute er gedankenverloren zur Bucht, auf deren Oberfläche durch die Spiegelungen des Lichts kleine silberne Flämmchen tanzten.

Der alte Henry und der Zauberlehrling schliefen selig.

Herrmanns Wut auf sich selbst verrauchte nur langsam, weil er sich so ungeschickt angestellt hatte. Er blickte mit leeren Augen Richtung Sumpf. Er überlegte , ob er es noch einmal probieren sollte. Aber der Hecht kam bestimmt nicht noch einmal heraus. Er hatte mit dem Blinker zu tun, der ihm im Maul hing. Tangoholger und Krabbenhorst schauten sich vielsagend grinsend an und setzten dann Herrmann gegenüber eine verständnisvolle Miene auf.

Herrmann drehte sich weg.
Er erinnerte sich an die Rätsel, die er den jungen Männern letztes Jahr gestellt hatte.
Wie jagt der weiße Mann?
Wie jagt der rote Mann?

Dann verzog er sich in sein Zelt und grübelte weiter vor sich hin.
Der alte Henry hatte ihnen letztes Jahr nach der Rückkehr vorgeworfen, nicht reif und erfahren genug für junge Menschen gewesen zu sein, und ihnen ein pathetisches Gedicht geschickt:

„Ich suche nach einer einzigen Person,
die es wagt,
auch nur einmal auf die erotische Reinheit
der Natur zu schauen.
Unser Leben hier auf Mutter Erde,
diesem Kloster der Magie,
ist gewiss seltsam.
Wir Männer und Mönche sind zu schläfrig.
Die meisten männlichen Leben werden gelebt
in Form von Dumpfheit und Gier.
Erwacht!
Angesichts der erotischen Liebe
der Schöpfung!“

Herrmann hatte das Gedicht des Meisters genervt. Die Welt war nicht nur nett. Er kannte die dunkle Seite des Lebens.
Wenn er früher in Berlin kein Engagement als Schauspieler hatte, musste er sich als Taxifahrer verdingen. Das Nachtleben hatte ihn dann gepackt.
Einmal hatte er gegen Morgen Feierabend gemacht und wollte noch in Ruhe ein paar Bierchen in einer typischen Berliner Eckkneipe trinken und die Aufzeichnung des Fußballspiels vom Vorabend sehen. Er saß gemütlich in einem Nebenraum. Ein größerer Typ, der auf die Toilette wollte, kam herein, schaltete den Fernsehapparat aus, sagte, dass ihn das störe. Der Mann ging auf die Toilette. Herrmann schaltete den Apparat wieder ein, war aber innerlich angesäuert. Der Macker kam von der Toilette und drückte in seinem halb besoffenen Zustand wieder den Ausknopf. Herrmann wollte wieder auf das Fernsehgerät zugehen, da schlug der andere zu. Aber Herrmann federte den Schlag gekonnt ab und streckte den Schwergewichtler mit einem kleinen heftigen und harten Handschlag zu Boden. Herrmann war selbst überrascht. Aufgewühlt holte er den Wirt. Der Wirt überblickte die Situation nicht ganz. Er kannte Herrmann als ruhigen Taxifahrer und Gast. Er war erstaunt, dass der andere Gast am Boden lag und nicht der schmale Herrmann, denn der Dicke hatte am Tresen öfter mit seinen Boxkunststücken geprahlt.
Der Typ am Boden berappelte sich, kam auf Hermann zu. Der Wirt sprang dazwischen, doch das war nicht nötig.

„Das war ein echt guter Schlag. Hätte ich nicht erwartet. Willst'n Bier?“

Herrmann hatte Nutten erlebt, die freche Freier mit den eisernen Absätzen ihrer Stöckelschuhe gepaart mit Gift und Galle dermaßen zusammengeschlagen hatten, dass er sie ins Krankenhaus fahren musste.
Er hatte erfahren, dass Aggression nicht nur eine Frage der Muskelkraft war.

Herrmann ließ sich in seinem Zelt vom Wind ablenken, der mit Macht von Norwegen herunterflog und in den Baumwipfeln und dicken Ästen am unteren Teil der Kiefernstämme ächzende Geräusche und geheimnisvolles Knacken erzeugte.

Die Zeit begann sich zu dehnen und machte Platz für die Regungen der Seele.
Das Wasser kräuselte sich in der Hechtbucht nebenan, die kleinen Wellen jagten hin und her, kreuz und quer. Der Wind verfing sich in der Bucht.

Tangoholger und Krabbenhorst, die noch immer am Feuer saßen, mussten durch den sich drehenden Qualm und die Rauchfahne ständig die Plätze wechseln. Den Kopf leicht gesenkt, tauschten sie in der Hocke die Sitzplätze.

In Herrmann erwachten tiefe Ruhe und sinnerfüllte Zufriedenheit. Er spürte sie in jeder Faser seines Körpers.
Warum nur war dies in der Stadt nicht möglich?
War es dort der zu schnelle und gleichförmige Rhythmus? Eine besondere Kraft schien hier in ihm wach zu werden, die durch keine Gedanken geweckt werden

konnte. War es die Wesenskraft, die allem innewohnte, wie die Indianer behaupteten? Nur selten gelang es Herrmann, sich dafür zu öffnen. Oft kroch die große Leere in sein Herz. Dann fühlte er sich krank, elend und getrieben, und von allem getrennt - wie in der Alkoholzeit.

Die reine Wildnis wie bei den Indianern war dies hier natürlich nicht, das war ihm klar. Sie hatten ihre Verpflegung dabei, wärmende Schlafsäcke und Zelte aus Plastik. Krabbenhorst sogar Spezialklamotten, die besser als seine waren und ihn perfekt vor Kälte und Nässe schützten - Errungenschaften der modernen Zivilisation.
Herrmann wollte nicht in die Romantikfalle tappen. Er war froh, dass es Plastik gab.

Ihm wurde immer deutlicher, dass er lange Zeit seines Lebens ein Einzelkämpfer gewesen war. Schon früh im Leben hatte er sich innerlich zurückgezogen. Warum war er ausgerechnet Schauspieler geworden? Vielleicht fand er so einen Ausgleich zu seiner ursprünglichen Schüchternheit und Zurückgezogenheit. An das Alleinsein hatte er sich gewöhnt. Manchmal liebte er es sogar.
Er merkte aber auch, dass er immer sprungbereit sein musste, um sich zu verteidigen wie ein gejagtes Tier oder sich durchzusetzen wie ein schlauer Jäger. Nie konnte er sich wirklich fallen lassen und entspannen.
Ihm fehlte eine Familie, eine Gruppe. War das hier auf der Halbinsel eine Art Familienersatz?
Er fühlte sich hier mit den anderen Männer wunderbar. Er war sich allerdings nicht sicher, ob dieser harmoni-

sche Zustand länger anhalten würde. Von irgendwoher war in seinem Leben immer ein Schlag gekommen.

Medizin für die männliche Seele

Als die Sonne auf Mittag stand, fing Herrmann an sich um das Feuer und das Frühstück zu kümmern.
Henry und Heinrich waren bereits mit dem Kanu unterwegs. Sie hatten einen Zettel hinterlassen, auf dem stand, in welcher Richtung sie sich befänden und dass sie nachmittags wieder im Basislager sein würden.
Herrmann besah sich das gestapelte Holz, in dem die Hitze der rot glühenden Sonne gespeichert war. Die Energie musste nur mit einem kleinen Streichholz oder übrig gebliebener Glut freigesetzt werden. Herrmann liebte die nicht enden wollende Sommersonne Nordschwedens.
Er begriff immer mehr, dass der Mensch sich in einer sinnvollen Abhängigkeit von der Natur befand. Dennoch fühlte er sich gerade jetzt besonders frei. Er brauchte nicht mehr ständig mit sich selbst zu argumentieren, warum das und nicht jenes zu tun sei.
Er konnte seiner Wege gehen. Jeder der fünf Männer konnte machen, was er wollte. Dennoch schufen sie sich hier ein Stück Heimat in der Wildnis.
In Herrmanns Welt bauten sie hier auf der Halbinsel eine besondere Bühne auf, auf der sie mit ihrem einfachen Dasein die Poesie einer anderen Welt lebten. In ihm selbst begann sich ein wohlwollender sanfter Beobachter zu entwickeln, der etwas Abstand vom Alltag nahm und die Geschehnisse verfolgte. Dabei waren sie erst vor zwei Wochen der hektischen Zivilisation mit ihren klimatisierten Büros und den orange beleuchteten abendlichen Straßen entronnen.

Herrmann erinnerte sich an die lange Anreise. Noch einmal sah er sich an dem kleinen Tisch des schwedischen Bummelzugs, der sich stolz Express nannte, sitzen. Er hatte wieder den langweiligen Chemiekakao in einem blau-weiß gestreiften Pappbecher vor sich, der fast genauso ekelig schmeckte wie das Trinkwasser in den blauen Papptüten des Schlafwagens der schwedischen Staatsbahn in der Nacht zuvor. Noch einmal ärgerte er sich über den wackeligen Papphenkel, den man mit dem Daumen und der Innenseite des Zeigefingers zusammenpressen musste, damit Stabilität in die ganze Sache kam. Wieder spürte er den überheißen Automatenkakao an seinen Fingern und nippte vorsichtig.
Der Abteilwagen wackelte.

Wie im Film stellte Herrmann sein Fläschlein Opiumöl auf den vibrierenden Tisch, auf dem der Becher gerade Richtung Tischkante wanderte.
Die Gleisstrecke in den Norden war holprig.
Wieder begann er mit seiner sonoren Stimme und öffnete das Fläschchen.

„Sinnlichkeit und Genuss! Darum geht's bei mir.
Und deswegen habe ich dieses Duftöl mitgebracht!"
Er roch zur Demonstration daran und wusste zugleich, dass die anderen ihn beobachteten. Holger war erheitert. Er fand, dass er hier der Fachmann fürs Genießen war. Er, der Umweltingenieur und Tangolehrer mit dem am besten geformten Körper in dieser Männerrunde, obwohl Heinrich ihm, durch sein Karatetraining gestählt, in Kombination mit seinen Meditationen der Stille inzwischen sehr gefährlich nahe kam.

„Die Ägypter mischen die Essenz mit Öl, da ist kein Alkohol drin", war Herrmann wichtig zu betonen. „Es ist kein Parfüm."

Warum musste er das immer so betonen, dass er keinen Alkohol mehr soff, fragte sich Tangoholger. Süchtig nach einem besonderen Kick ist er trotzdem geblieben.
Er frotzelte: „Opium bringt Opi um."

Herrmann war dieses Jahr 52 Jahre alt geworden. „Opi" hatten ihn die jungen Männer genannt. Er war damals schockiert. Sah er schon so alt aus? Aber wenn er in sich hineinhorchte, musste er zugeben, dass es angenehm war, beim Aussteigen aus dem Kanu eine Hand gereicht zu bekommen. Dennoch wollte er wie so viele Männer ein ewiger Jüngling bleiben.

„Wenn ich Schwierigkeiten hätte, mit den Freuden des Alkohols umzugehen, hätte ich vielleicht auch Schwierigkeiten mit dem Genießen", überlegte Krabbenhorst leise.
„Ein kleiner Schluck, und du kannst nicht mehr aufhören. Ein Süchtiger kennt keine Grenzen, ihm fehlt offenbar die innere Stimme, der Seismograph, der ihn warnt, „Stopp, es reicht!" sagt. Der Verstand setzt offenbar bei einem Säufergehirn aus. Stimmt irgendetwas nicht mit den Synapsen oder so. Komische Krankheit. Kann ich schon verstehen, dass da die Grenze zwischen Genießen und Vollrausch mit anschließendem Kater verschwindet. Vielleicht sucht Herrmann mehr Sinnlichkeit, um seine Räusche zu vergessen. Aber Sexsucht gibt es ja auch. Dann ist er nur noch am Vögeln. Oder gibt sein Geld im Bordell aus. Zum Genießen gehören halt Grenzen."

Für Krabbenhorst war das logisch und zog stolz ein Stück Holz aus der Seitentasche seines Rucksacks. Die anderen sahen, dass er daran herumgeschnitzt hatte. Er reichte es reihum.
Kreisförmige Doppelringe waren zu erkennen. Dadurch sah der obere Teil des kleinen Kunstwerkes wie die Eichel eines steifen Männerschwanzes aus, und unten war das Wurzelwerk in Form des Hodensacks zu erkennen. Es hätte aber auch ein verunglückter Türknauf sein können.

„Ich habe es vor zwanzig Jahren bei der Bundeswehr geschnitzt, als es mir auf Wache tierisch langweilig war. Ordentlich bin ich ja. Ich glaube sogar, dass ich das manchmal übertreibe."

Die anderen ließen ihr Schmunzeln kaum erkennen.

„Und dieses Jahr will ich es mir leisten, etwas lockerer zu sein, kreativer."
In Herrmanns listig funkelnden Augen sah das Teil schon jetzt wie ein Narrenzepter aus.

„Ich habe ja auch sehr zielstrebig und stringent studiert!"

Der junge Heinrich überlegte, was stringent bedeuteten mochte. Ihm ging alles etwas zu schnell. Herrmann hatte das komplizierte wissenschaftliche Systematisieren von Krabbenhorst schon immer genervt. Warum konnte er nicht Gefühl sein? Schon bei den Männerwochenenden beim alten Bettelmönch ging er ihm manchmal auf den Keks.

Letztes Jahr auf der Reise mit den jungen Männern gab es eine wirklich komische Szene. Der große Computerexperte hatte nämlich trotz seines großartigen, akkubetriebenen Notebooks den Stand der Essensvorräte falsch berechnet. So hatte er damals von Moskitos umschwirrt immer wieder irritiert auf seine komplizierte Exceltabelle geschaut. Und dann war eines Tages doch kein Brot mehr da gewesen.
Holger aber hatte schlauerweise etwas mehr Salz, Hefe und Mehl mitgenommen, und so wurde trotz der drohenden Versorgungslücke noch ein schönes Kuchenbrot in einem kleinen Steinofen gezaubert.

Die Idee mit den Gegenständen zur Darstellung dessen woran jeder der fünf „arbeiten" wollte war von Herrmann gekommen. Er hatte sie von dem alten Indianer der Objiway übernommen. Es ging bei dem Spiel, das auch ein Ritual war, darum, dass jeder der Männer Mut zeigte und etwas von seiner eigenen Schwäche offenbarte. Die Objekte waren eine besondere Art Spiegel, der wenn man genau hinschaute, etwas Neues offenbarte. Und dies im Kreis von Männern, von denen man allgemein zu wissen glaubte, dass sie schnell in Konkurrenz zueinander verfielen, und wo jeder den Helden spielen wollte. Jeder der Männer riskierte bei diesem Vorgang, sich verletzbar zu machen. Gleichzeitig legte er sich für die Zeit in der Wildnis und danach konkret fest, seine jeweilige Schwäche, dokumentiert durch das Symbol, zu beackern.

Etwas überheblich sah Herrmann in dieser Festlegung und in diesem Versprechen einen großen Unterschied zu dem „Gesülze" in den Männerrunden des Alten.

Der Bettelmönch legte eine kleine abgenutzt Jutetasche auf den wackelnden Tisch des Bummelwaggons und sagte nichts.
Was könnte das symbolisieren, fragten sich die anderen Männer?
Oder wollte er nicht mitspielen ?

Holger holte strahlend zwei Bergkristalle aus seiner engen Jeans und bedeutete locker, dass er sie wieder der Natur zurückgeben und in den See werfe wolle.
Herrmann zuckte unwillkürlich vor so viel Pathos und Mitgefühl mit Mutter Erde zusammen und fand dies spirituellen Käse. Das hatte er ihm schon bei Henrys Seminar laut und deutlich gesagt.
Jetzt war er aber doch gespannt, ob Holger dieses Mal genauer mitteilen wollte, was er tun wollte.

„Ich werde mich wahrscheinlich von Katharina trennen und auch meinen Job beim Umweltamt aufgeben. Dafür stehen die beiden Kristalle.“
Wollte er tatsächlich eine Tangoschule aufbauen? fragte sich Herrmann. Ach, deswegen war er letztes Jahr in Argentinien gewesen, um sich da den aktuellsten Tanzstil anzuschauen! Oder war es wieder mal wegen einer Frau?
Von seiner Schwierigkeit, anderen klar und eindeutig die Meinung zu sagen, hatte er nicht gesprochen.
Herrmann mit seinen großen Ohren und roten Haaren lachte wieder einmal in sich hinein wie Loki, der Teufel.

Der Zauberlehrling zog einen Zettel hervor, auf dem geschrieben stand: Hechtsprung. Das hieß, dass er, der große Zweifler, jeden Tag einen mutigen Hechtsprung mitten ins Wasser des Lebens wagen würde.

Dann packten sie alle Gegenstände in einen roten Samtbeutel und schnürten ihn zu. Mit ihnen war ein Teil der Seele der fünf Männer darin verpackt.
Auch das hatte der alte Indianer der Objiways Herrmann empfohlen. Sie nannten das einen Medizinbeutel, weil er nährende Kraft und Lebenssubstanz enthielt.
Krabbenhorst verwahrte ihn in seinem großen Rucksack.

Alles hat seine zwei Seiten

Herrmann stand immer noch am Lagerfeuer.
Er fand, dass sie neben ihren offenkundigen Schwächen auch viele Talente hatten. Der alte Henry war still und meditierte, war ruhig und gelassen. Er wäre in diesem Fall der Magier in der Weisheitslehre und auf dem Medizinrad des alten Indianers.

Krabbenhorst konnte gut denken und war verantwortungsbewusst, das entsprach dem König.

Holger, der Tänzer, war lustvoll und genießerisch, das war der typische Liebhaber. Allerdings drückte er sich ab und zu vor Entscheidungen. Das war für Herrmann die typische Kehrseite eines Liebhabers. Denn jede Kraft hatte auch ihre Schattenseite, auch auf dem Rad der Kräfte, dem großen Medizinrad des Lebens. Wo Licht war, war auch Schatten.
Alles hatte seine zwei Seiten.

Der junge Heinrich hatte einen klaren Wunsch. Und wenn man bedachte, dass er jeden Tag in den eiskalten See springen wollte, dann war er auf gutem Weg ein Krieger zu werden.

Herrmann selbst war sich über seine eigene Stärke nicht im klaren.
Er wollte das Genießen lernen. Vielleicht konnte er da von Holger etwas abhaben?
Kriegerisches hatte Herrmann genug, wenn man sich an seine manchmal provozierende und burschikose Art erinnerte. Allerdings hatte ihm dies bei seinem Kampf

gegen den Alkohol trotzdem nicht viel genutzt. Der Alkohol hatte ihn besiegt.

Die Sache mit dem Symbol- und Seelenbeutel war ein erster Schritt auf dem steilen und schwierigen Pfad der Selbsterkenntnis.
Sie hatten aber noch mehr vor:
Sie wollten dieses Jahr in der Waldwildnis mit sich selbst so verfahren, wie sie es später mit den jungen Männern vorhatten. Sie wollten ihre eigenen Glaubenssätze, Werte und Überzeugungen im Spiegel der Natur auf den Prüfstand stellen.

Was wirkt noch, wenn einem der Wind etwas kräftiger um die Nase weht?
Was ist mein Talent?
Was ist die Kehrseite dabei?
Was ist meine wirkliche Stärke?
Das wollten sie wissen, denn sie mussten wirklich etwas anzubieten haben, wenn die jungen Männer zu ihnen kamen. Den meisten modernen Männern, die so oft sensibel waren, fehlte letztlich doch die Kraft, ihre Ideen in Taten umzusetzen. Sie waren oft Träumer und Idealisten, dachte Herrmann.
Es mangelte ihnen an Lust und Lebensfreude, zumindest waren solche Männertypen immer wieder in den Seminaren des alten Meisters aufgetaucht. Herrmann hatte oft versucht, Pep in die Männerrunden beim Guru zu bringen, und hätte dafür gern eine Bestätigung von ihm erhalten, aber die war nicht gekommen.
Machos waren natürlich gar nicht erst erschienen. Die konnten ihre Gefühle überhaupt nicht zeigen.

Am Feuer stehend, erinnerte sich Herrmann abermals an die Zugfahrt. Vor seinem inneren Auge erschien erneut die Bar im schwedischen Speisewagen. Sie war geöffnet, aber keiner wollte etwas kaufen. Das Essen und die Getränke schmeckten einfach zu schlecht. Herrmanns Chemiekakao war nur noch lauwarm, der Bonbongeschmack des Gesöffs um so intensiver. Draußen waren nur ab und zu Strommasten und die dazwischen hängenden alten Stromleitungen zu sehen. Da und dort funkelte das Wasser eines Sees durch die vorbeiziehenden monotonen Wälder. Die Männer zogen sich in das nächste Abteil zurück und hängten sich lässig in die weichen dunkelroten Samtpolster.

„Ist Schweden immer noch eine Monarchie mit einem König an der Spitze?“, fragte Heinrich unvermittelt in die Runde.

„Ja, übrigens der König ist aber etwas taub. Seine Frau stammt aus dem romantischen Heidelberg. Jedes Jahr fährt der König einmal in kurzen Hosen, wie ein Pfadfinder gekleidet, im offenen Waggon der schwedischen Staatsbahn durch die Gegend und winkt seinen Untertanen zu“, dozierte Horst.

Die Vorstellung eines Königs in kurzen Hosen erheiterte die Fünf.

Im Laufe der Reise, die an der Ostseeküste entlang über Gävle, Sundsvall und Skeleffteå führte, hatte Henry plötzlich für ein besonderes Vorhaben geworben, das sie in der Einsamkeit der Waldwildnis durchführen sollten.

Henry der jahrelang im Zenkloster studiert hatte - gegen Ende konnte er sogar perfekt Japanisch und seinen Meister ins Englische übersetzen - begann über Exerzitien zu sprechen, die sie damals in Fernost veranstaltet hatten. Wochenlang zogen sie sich dabei fastend und meditierend in eine dunkle Klosterzelle zurück. Das brachte sie ihrer inneren Stimme näher, auch ihren verborgenen und verbogenen Seiten, ihren Stärken und Schwächen. Dabei sangen sie Mantras und vorgegebene Gesänge. Das Ganze wurde von anderen Mönchen, die nicht fasteten, begleitet und unterstützt. Henry betonte, dass es eine harte Übung gewesen war, denn manchmal kamen Erinnerungen und Versäumnisse aus dem eigenen Leben hoch. Er würde diese Tortur nicht jedem empfehlen. Es könne sich furchtbar anfühlen zu entdecken, dass man in seinem bisherigen Leben wichtige Dinge versäumt habe.

Herrmann beunruhigten solche Aussichten wenig. Seinen größten Zusammenbruch hatte er hinter sich, als er entdeckt hatte, Alkoholiker zu sein. Dennoch staunte er wieder einmal über den Alten. Und als dieser vorschlug, dass sie vier Tage und vier Nächte fastend und meditierend in die Wildnis hinausgehen sollten, war Herrmann verblüfft.

Eine gewisse Vor- und Nachbereitungszeit käme allerdings dazu, ergänzte der Meister. Am liebsten hätte er Heinrich dabei. Er und Heinrich würden sogar als Erste in die Wildnis gehen.

Herrmann war enttäuscht. Er war nicht angesprochen worden. Er sah den Alten immer noch als eine gewisse Autorität an. Aber er konnte ja tun und lassen, was er wollte, und auch selbst hinausgehen, ohne Henry zu fragen.

Der alte Meister hatte noch einmal betont, dass die geplante Unternehmung „nicht so ohne“ wäre.
Räumliche und zeitliche Begrenzung seien bei einem solchen Ritual ungemein wichtig. Er verglich das Vorhaben mit einem Mustang und die noch zu treffenden Abmachungen und Regeln untereinander mit dem Zaumzeug, um dieses wilde Pferd zu reiten.

Ein seltsames Gefährt und ernste Fragen

Herrmann beobachtete die züngelnden Flammen.
Es war früher Nachmittag.
Henry und Heinrich kamen gerade gut gelaunt von ihrem Kanuausflug zurück.

Jetzt waren sie tatsächlich wieder hier auf diesem wilden Fleckchen Erde, und schon übermorgen sollte es mit diesem besonderen Experiment, das Henry vorgeschlagen hatte, losgehen. Beide wollten für vier Tage und vier Nächte allein in die Wildnis hinaus.
Tangoholger und Krabbenhorst waren inzwischen aus ihren Zelten gekrochen. Sie sollten während des Rituals im Basislager sein.
Herrmann hatte so nebenbei einen Cowboykaffee in der Emaillekanne gebraut, der erdiger und kräftiger schmeckte als ein gefilterter im Restaurant. Gemütlich begannen sie zusammen zu frühstücken.
Henry wollte gerade etwas sagen, als ein dumpf waberndes und wummerndes Geräusch zu hören war. Holger schaute zum Himmel hinauf. Manchmal überflogen Touristen mit einem kleinen Wasserflugzeug das Gebiet. Es war nichts zu sehen. Durch ihr kleines Wäldchen blickten sie auf den See. Das Tuckern kam von der felsigen Insel. Und wurde langsam lauter.
Herrmann zog seine Jeans über die Unterhosen.
Krabbenhorst marschierte zielstrebig zu seinem Zelt, das an der Landzunge stand. Er schloss den Reißverschluss. Er war ja ordentlich. Henry und Heinrich wunderten sich, was da auf sie zukam.
Ein seltsames Gefährt schob sich auf der Mitte des Sees in ihr Blickfeld. Es sah aus wie ein Wasserflugzeug

ohne Flügel, aber in den Fenstern des halb ovalen Containers konnte man einen Piloten erkennen. Zunächst sah es wie ein kleines Ferienhaus aus, dann wie ein Wohnwagen, der auf einem aus Baumstämmen gezimmerten Floß stand, das Ganze angetrieben von einem Außenbordmotor. Das komische Gestell fuhr vorbei, um dann doch plötzlich mit einem langsameren Wabern abzubremsen und anzuhalten.

„Wahrscheinlich Angler“, vermutete Herrmann.

„Wahrscheinlich“, fügte Holger mit schmalen Lippen hinzu.

Horst knüpfte am Kescher.

Durch die Kiefernäste sahen sie mit Erstaunen, dass der Wohnwagen gar nicht so weit von ihnen entfernt war.
Jetzt wurden sie doch unsicher.
Gleichzeitig waren sie neugierig.
Sie schoben sich unmerklich so weit wie möglich an das Objekt heran und trauten ihren Augen nicht.
Auf dem Dach des Wohnwagens räkelte sich eine Blondine im Badeanzug.
Krabbenhorst fasste sich als Erster und sagte trocken und mit der ihm gemäßen Logik:

„Na, wenn ihr bloß nicht kalt wird!“

Es war zwar warm, aber so warm wie im Juli in Deutschland war es nicht.
Jetzt tauchte der dazugehörige Mann auf. Er kletterte an der Außenleiter des Wohnwagens aufs Dach hinauf.

Die fünf standen erstarrt nebeneinander. Kaum war der Mann auf dem Dach, kraxelte er wieder herunter, warf den Motor an, und das Liebespaar entschwand samt Gefährt ihren Blicken.
Gleich danach verstummte der Motor wieder.

„Sind vielleicht Schweden vom unteren südlichen Teil des Sees“, sagte der Tänzer. Herrmann schnappte sich seine Thermorestmatte aus dem Zelt und legte sich in Badehose und mit freiem Oberkörper in die Sonne.

„Will er sich auch bräunen, wie die Blondine?“, fragte sich Heinrich.

Herrmann schmunzelte in sich hinein. Er war sich fast sicher, dass das der junge Elchjäger und seine Frau waren, die sie letztes Jahr schon einmal unterwegs getroffen hatten. Seine Vermutung behielt er allerdings für sich.

Der alte Betelmönch begann zu sprechen.
Das interessierte auch Herrmann, und er kam wieder von seinem gemütlichen Lager hoch.

„Die jungen Männer und nicht nur die haben doch viele Fragen:
Wozu bin ich geboren?
Was soll das Ganze hier auf dem Planeten ?
Wie komme ich an Mädchen ran, wenn ich verliebt bin?
Wie kann ich besser aussehen und stärker werden?
Warum muss ich sterben?
Wer oder was ist Gott?

Ist Onanieren o.k.?
Wie treiben es meine Eltern?
Wie überwinde ich meine Angst, wenn ich mich fürchte?
Was machen andere Jungs in diesem Fall?
Wer sind meine wahren Freunde?
Und, und, und.
Sie werden uns diese Fragen vielleicht nicht genau so in dieser Form stellen, aber wir müssen darauf vorbereitet sein, um ehrlich antworten zu können.
Und was noch wichtiger ist, wir müssen diese Fragen für uns selbst beantworten können.

Meine Frau ist gerade aus Amerika zu Besuch. Ihr wisst, sie war lange mit mir in Deutschland. Mein Gott, wenn ich daran denke, welche Schwierigkeiten wir haben. Sie hat kaum Geld, ich habe kein Geld. O.k., ich bekomme eine kleine Rente von der amerikanischen Regierung. Aber meine Frau liegt mir dauernd in den Ohren, ich solle zurückkommen."

So hatten sie den Meister noch nie gehört.

„Was soll nur werden?
Soll ich wieder nach Japan zurück?
Ins Kloster als Übersetzer?
Was soll ich tun, wenn ich krank werde?
Ich bin ein alter ängstlicher Mann!"

Sie waren betroffen.

Gegen Abend waberte es, und das Gefährt schob sich ein weiteres Mal an ihnen vorbei, diesmal etwas schneller und zielstrebiger.
Die beiden hatten bestimmt ein schönes Nümmerchen hinter sich, während sie hier ihre männlichen Qualitäten erforschen wollten, folgerte Herrmann und naschte vom indischen Reisgericht mit eingelegtem Paprika und viel Curry, das Holger gezaubert hatte.

Herrmann war immer noch damit beschäftigt, was der alte Henry erzählt hatte. Es war ihm aufgefallen, dass der Alte in den letzten Tagen oft in der Glut des Lagerfeuers herumgestochert hatte.
Er hatte immer gedacht, der Zen-Meister schaue in die Zukunft der Menschheit, besonders der Männer. Er hatte sich aber wahrscheinlich nur Sorgen um seine eigene Zukunft gemacht.
Herrmann hatte schon gehofft, dass Henry vielleicht ein heimlicher Schamane sei, von dem er etwas lernen könne. Ein weiser Mann, der die Kunst des Orakellesens kennt. Herrmann empfand Mitgefühl.

Vorbereitungen auf ein Ritual

Der junge Heinrich hatte das Angebot des Alten angenommen.
Beim Zauberlehrling ging es um den beruflichen Werdegang und seine immer wieder auftauchenden Verzweiflungsattacken.

Horst befragte Heinrich mit der ihm eigenen kristallklaren und harten Logik vor dem Hinausgehen in die Wildnis, wie ein strenger Priester bei der Beichte.

„Du weißt, dass Zweifel entstehen, wenn ein Mann nicht zwischen den Gefühlen Wut und Trauer unterscheidet? Du schwankst dann immer hin und her, und ein großer Zwiespalt tut sich auf, und es zerreißt dich fast zwischen diesen beiden Gefühlen!"
„Ja, ja, ja", meckerte Heinrich wie ein beleidigter Ziegenbock und empfand die ungefragten Ratschläge von Horst als wirkliche Schläge, und hob an:
„Ja, ich hab halt immer wieder Haschisch geraucht und andere Drogen genommen."
Und dann verzerrte Heinrich künstlich die Worte beim Aussprechen.
„Kokaiiiieeen
LSDeeee
Ecstasiiiiii
Waliummm.
Einmal sogar Opi um."
Und machte eine deutliche Pause zwischen „Opi" und „um". Dabei blickte er zu Herrmann.

Genervt machte er weiter.

„Ich konnte diese Spannung einfach nicht aushalten. Außerdem hatte ich dann schöne Gefühle. Entspannt und geborgen. ÄÄÄÄtsch!
O.k. Ab und zu war ich auch depressiv, aber das war ich ohne die Drogen auch. Verstehste!
Und denk mal, es war sogar lustig, wenn ich Stimmen hörte, dabei war außer mir niemand im Haus. In der Verzweiflung sagte ich mir: Umbringen kann ich mich immer noch."
Die anderen Männer verstanden nicht ganz, warum Heinrich die alte Geschichte wieder hervorkramte.
„Mit einem engen Freund kiffte ich damals viel.
Das Kiffen regte uns zur Poesie an, und wir fühlten uns als etwas Besonderes. Gleichzeitig sahen wir uns als ohnmächtige Opfer dieser Welt. Wir kifften, lachten und führten tief schürfende Gespräche."
„Das war ja doch ein ziemliches Chaos bei euch zu Hause!" sagte Horst. Heinrich nervte dessen Überheblichkeit.
„Du miefiger Kleinbürger, Tee trinken und Aale ficken!"
Heinrich wurde wütend.
„Du, bei uns gab es Frauen, die mussten wirklich ins Krankenhaus, weil sie sich einen Aal vorne reingesteckt hatten!" warf Horst ein.
„Lebend oder tot?"
„Lebend", grinste Horst, „der hatte sich festgebissen!"
„Wahrscheinlich steckst du deinen Schwanz in ein A- A- A- Astloch!" stotterte Heinrich souverän und absichtlich.
Die beiden gingen hart miteinander um.
„Du nervst mich", schrie Heinrich Horst an.
Ihm schossen Tränen in die Augen.

Der Tänzer, der Auseinandersetzungen überhaupt nicht mochte, begann ums Feuer herumzutänzeln.
„Lass uns doch mal einen schönen Grünen mit Vanille trinken!"
Henry waren Wutausbrüche auch unangenehm.
Er stand seitlich an einem Baum. Er hätte jederzeit weggehen können. Das Feuer schlug hohe Flammen.
Tangoholger schüttete grünen Tee in die metallene Teekanne, wobei er schnell und vorsichtig mit dem Zeigefinger auf den silberfarbenen Beutel tippte. Dazu machte er ein Geräusch mit den Lippen, das schon einmal die Geschmacksnerven anregen sollte. Dann seufzte er bedeutungsschwer:
„Ja, ja, ja!"
Krabbenhorst schaute den jungen Heinrich ruhig an.
„Ich finde, du solltest einfach mal ein anderes Wort als „Verzweiflung" benutzen! Du kannst ja Deine Gefühle behalten, aber benutze ein anderes Wort."

Zum Tee gab es ein kleines Stückchen Geburtstagsmarzipan aus Horsts Rucksack. Es hatte vom Klang des Namens entfernte Ähnlichkeit mit dem berühmten Pemikan, das die kanadischen Trapper in alten Zeiten als Notration bei sich hatten, schmeckte aber weitaus besser.
Heinrich fing sich.
„Es geht mir darum, eine Entscheidung zu treffen. Ich befinde mich am Beginn einer Ausbildung zum Krankengymnasten."
Henry schaute das erste Mal wieder in die Runde. Das interessierte ihn. Er war früher auch Krankenpfleger gewesen.

„Ich fühle mich nicht sehr wohl in der Ausbildung. Oft fällt es mir dort schwer, ich selbst zu sein. Es handelt sich um eine private Schule, ein Wirtschaftsunternehmen!“

Horst schluckte. Als Realist waren ihm solche Gedanken fremd.

„Gerne würde ich Yoga, Zen und Tanz in meine Arbeit einfließen lassen!“

„Mach das doch später!“

säuselte Holger fast freundlich.

„Ich will aber beides!“ kam es zurück.

„Zwei Berufe miteinander zu verbinden kann manchmal gelingen. Man kann sich dabei aber auch verzetteln“, sagte Krabbenhorst so bestimmt, dass das Thema erledigt war.

Zumindest für ihn.

Am nächsten Tag schien die Sonne strahlend blau vom Himmel.

„Kann ich die Gemüsetonne haben?“, fragte Herrmann Holger.

„Da sind noch Kartoffeln und Zwiebeln drin!“

„Ich will mich waschen!“

Holger gluckste.

Er fachte gerade die Glut des Feuers an und stellte die emaillierte Cowboykaffeekanne mitten hinein.

„Jetzt will ich erst mal Kaffeewasser warm machen.“

Herrmann, der Holger nicht verärgern wollte, nahm den Rest Karotten aus der einen halben Mann hohen Plastiktonne und fachte ein anderes Glutnest an, das sich über Nacht in einem seitlich liegenden alten Baumstumpf bei der Feuerstelle erhalten hatte. Dann stellte er die Kaffeekanne auf diese Stelle. Danach vergrößerte er die zentrale Flamme. Danach bugsierte er das Dreibein mit dem großen verrußten Wasserkessel darüber.

Tangoholger justierte ihm bereitwillig und routiniert die Bänder nach, die den Topf in der richtigen Höhe über den Flammen hielten. Es war ihm unbehaglich bei dem Gedanken, Herrmann könne ihm seine Erfindung im Übereifer ruinieren.

Herrmann mit seinem weit ausladenden Filzhut, der nach dem merkwürdigen Zedern-Kümmel-Öl-Gemisch roch, mit dem er sich und seine Klamotten gegen die Moskitos einrieb, füllte die Tonne zu einem Drittel mit eiskaltem Wasser aus dem See, während das Wasser im Wasserkessel langsam warm wurde.

Platsch!!!
Der Tänzer hatte anstelle der Morgenwäsche einen eleganten Hechtsprung ins eiskalte Wasser gemacht.
Das Wasser im Kessel kochte.
Herrmann prüfte, ob die Tonne auch stabil und in der Nähe eines Baumes stand, damit er seine Kleider aufhängen konnte. Auch um sich notfalls festzuhalten, falls die Tonne ins Schwanken kommen sollte. Sein großes Badetuch wurde von Rauchfahnen umweht.
Herrmann überlegte kurz, ob er die Tonne woanders hinstellen sollte. Aber der Wind drehte hier sowieso immer wieder.
Er goss das brühend heiße Wasser zu dem kalten Drittel. Die Tonne war jetzt halb voll, das Wasser wohlig warm.

Er zog sich aus und stieg hinein, indem er sich an einem Ast des Baumes hochzog.

Jetzt fehlte nur noch, dass Herrmann seinen Hut aufbehielt, dann wäre man sich wie in einem alten Westernfilm vorgekommen. Mit einem eleganten Schwung warf er ihn Holger zu, der ihn mit gerümpfter Nase sofort zur Seite schob.
Aus einem kleinen Plastikkübel mit warmem Wasser, das er vorher abgezweigt hatte, schüttete sich Herrmann genüsslich die Reste über den Kopf und seifte sich ein. Die Sonne schien zwischen den Kiefernbäumen hindurch.
Herrmann war zufrieden.
Als Horst aus seinem Zelt kroch, trocknete sich Herrmann gerade fröstelnd ab.
Heinrich und Henry schliefen noch.

Bei einem heißen Kaffee, bei dem man immer noch leicht den Kaffeesatz durchspürte, ergab sich ein Gespräch zwischen Holger, Herrmann und Horst. Sie erinnerten sich an das Männerseminar bei Henry. Seine Jahre im Zenkloster hatten ihn wirklich geprägt, aber war diese Art des bettelnden und verarmten Mönchtums nicht längst überholt? In jedem Secondhandshop gab es doch für drei Euro schicke Hosen und ein schönes Hemd.
Sein Umgang mit Geld war ein besonderer, das war ihnen damals schon aufgefallen. Wenn er ein paar Scheine in den warmherzigen großen Händen hielt, sah es aus, als ob er sie schnell wieder loswerden wollte. Die Münzen fasste er wie Kieselsteine an und steckte sie in seine Hosentasche.
Aber wenn er einen Jungen traf, den er kannte, drückte er sie ihm mit einem Augenzwinkern in die Hand.

Der Kasper und der Tod

Horst lud seinen Kaffee mit zwei Löffeln Zucker nach.

„Ist es für dich schwierig, dummes Zeug zu reden? Ich meine einfach so?“, grinste Herrmann Horst an.
„Nein, das kann ich schon, aber Klugsnacken macht mir mehr Spaß. Na ja, diese ganzen theoretischen und wissenschaftlichen Modelle stehen ja wie Pfahlbauten auf einem Sumpf“, gab er gerade noch zu und zitierte dann einen Wissenschaftler, dessen Namen Herrmann noch nie gehört hatte.
„Ich meine: so einfach lustvoll, Spaß haben, albern sein, so unsinnig halt, verstehst du, Nonsens?“
„Horst, gib es zu, kannst du nicht“, frotzelte Holger von der Küche her.
„Weiß ich nicht“, versuchte Horst abzulenken.

Der ehemalige Entertainer gab eine seiner Spaßgeschichten zum Besten.
„Ich habe mal in Italien eine Commedia gesehen: Der Kasper, der Alte und der Tod.
Also...
Der Tod ist ja im Italienischen nicht wie bei uns ein Sensenmann, sondern eine Sensenfrau! Es heißt ja „La Morte“ versteht ihr, ‚La'“, dazu machte Herrmann eine schnippische Handbewegung.
„‚La' ist weiblich!“
Er hielt die anderen nicht für blöd, tat aber doch ein wenig so.
Nach einem Moment der künstlich erzeugten Spannung fuhr er fort.

„Also, eine schöne blasse Knochenfrau ohne Gesicht ist doch interessante, oder?“

Das ‚interessante' sprach er mit italienischem Akzent aus.

„Kasper und zwei alte Männer sitzen beim Skat im Restaurante im Nebenzimmer.

Vielleicht waren sie auch Mafiosi und spielten um eine Fabrik oder um was die da dann spielen.

Und da kommt die schöne Frau Tod ins Nebenzimmer.

Den Ältesten der beiden Männer fängt es gleich an zu frösteln. „Que freddo“ , sagt er noch, „ist ja kald eute iier“ oder so ähnlich.

Die schöne Frau sagt: „Aaast du Lust mitzukommään?“

Na ja, er will zwar seine Kumpels nicht alleine lassen, aber ihr wisst ja, wie Männer so sind, wenn irgendwo eine Frau auftaucht. Also, er lässt sich von der jungen Frau entführen und geht mit ihr vor die Tür. Draußen vor der Tür, ihr könnt es euch ja schon denken, fällt ihr der Alte in die Arme. Mausetot. Die beiden anderen, also der Kasper und sein Kumpel sitzen lange, warten und warten, aber der Alte kommt nicht wieder. Irgendwann erscheint die schöne Sensenfrau wieder und verführt auch noch den anderen Alten mit - „Aaach, bin ich nicht schön?“ und so weiter“.

Dabei bewegte Herrmann seine Hüfte erotisch, warf sein spärliches Haar in den Nacken und formte mit beiden Händen einen schönen Busen.

„Auch tot! Am Ende sitzt der Kaspar alleine da.

Und als die Frau wieder reinkommt, sagt er auf Deutsch: „Nix verstehen Italiano“.

Da verwandelt sich die italienische Sensenfrau in den deutschen Sensenmann mit Skelett.

Aber der Kasper springt mit seiner Narrenklatsche auf und verdrischt den Tod, dass die Knochen nur so durch die Gegend fliegen. Versteht ihr, der ist zu närrisch, zu gewitzt, der Kasper."
Und Herrmann fuchtelte mit einem Ast, den er sich gegriffen hatte, durch die Luft und kam dabei den anderen bedrohlich nahe.
„Der Kasper, unsterblich!! Es gibt ihn schon seit Menschengedenken. Genau wie den Tod. Als Hanswurst, Narr, Harlekin oder Trickster bei den Indianern. Er stellt die Welt auf den Kopf. Er ist der Beweis, dass der Humor der Menschen nie aussterben wird.
Die Zuschauer haben gebrüllt vor Lachen bei der Commedia, die Kinder waren aus dem Häuschen. Versteht ihr!"
Und dann ganz trocken mit abfallender Stimme:
„Und die Schamanen sind genauso wie der Kasper!
Die Schamanen sind auch in diesem ‚ver-rückten' Zustand der Zeitlosigkeit. Sie haben auch keine Angst vor dem Tod, sie verhandeln sogar mit ihm und machen richtige Deals mit ihm. Obwohl sie manchmal auch die Kranken fragen, ob sie lieber weiterleben oder sterben wollen."
„Die Durchgeknallten in der Psychiatrie verlieren auch das Zeitgefühl," fügte Horst grinsend hinzu und blinzelte Holger zu.
„Genau, aber die Schamanen schaffen es in den normalen Zustand zurückzukommen. Sie kennen beide Welten, die jenseitige und die diesseitige. Das sind Brückenbauer!"

Krabbenhorst holte seinen fast fertigen Kescher hervor, den er seitlich an einem Baumstumpf angelehnt hatte,

zeigte ihn voll Stolz und richtete sich dann an Herrmann.
„Damit kann man Hechte fangen. Die kann man sogar essen. Denn wenn man nichts zu essen hat, muss man sterben."
Er wollte Herrmann von seinen Spinnereien abhalten und auf den Boden der Realität zurückholen.

Der Tag verging.

Henry und Heinrich waren kaum zu sehen.
Sie bereiteten sich auf das Ritual vor.
Die Sonne stand im Westen. Es war Abend, obwohl das keinem so richtig bewusst war. Nur an der sich einschleichenden Müdigkeit merkten sie es. Holger hatte noch schnell einen leckeren Schokoladenpudding mit Mandelsplittern zubereitet.
Herrmann legte einen halben Holzstamm aufs Feuer zum Durchglimmen für die Nacht.
Die Erde war noch nicht so trocken, dass sie Angst haben mussten, dass sich das Wurzelwerk entzünden könnte. Ganz ungefährlich war die Angelegenheit dennoch nicht.
Herrmann hatte von seinem Kanadatrip berichtet, dass manche Waldbrände noch nach drei Jahren ausgebrochen waren, weil die unterirdisch glimmende Glut sich über das feine Wurzelwerk unter dem feinen Blätterhumus mehrere Kilometer weit vorgearbeitet hatte und dann an der Erdoberfläche wieder entflammt war.

Der Hechtsprung

Am nächsten Morgen, als die Sonne gegen halb drei über den Hügel kam, verabschiedeten sich Henry und Heinrich für vier Tage und vier Nächte in das noch wildere Gebiet auf der anderen Seite des Sees. Sie sollten am fünften Morgen wieder zurückkommen.

Zum Abschied las Henry ein Gedicht vor.
„Dein Kanu liegt am Ufer des Sees.
Du weißt es tief in deinem Herzen,
Es ist Zeit für diesen nächsten Schritt.
Du willst mehr.
Von allem.
Tiefer schauen in deine innere Wildnis.
Du erlebst die Kraft deiner männlichen Natur!
Du wirst listig sein müssen, um deine Seele zu jagen.
Du wirst deine Geschichte singen,
deinen Tanz tanzen.
Du wirst den Atem deiner Zeit fühlen,
Die Angst, die dir im Nacken sitzt.
Du wirst deine innere Schönheit
Und deine innere Wunde
spüren."

Dann fuhren die beiden auf die andere Seite.

Herrmann, der sich spontan entschieden hatte, bei diesem meditativen Rückzug mitzumachen, zog in Richtung Süden los zum Kletterstein vom letzten Jahr.
Über seine Hoffnung, noch weiter unten der Frau des Elchjägers zu begegnen hatte er nicht gesprochen, obwohl er doch sonst so gerne erzählte. Nach der Angel

von Horst hatte er nicht gefragt, was sollte er während des Fasten- und Meditationsrituals mit einem Hecht. Außerdem traute er sich selbst nicht über den Weg.
Alle drei hatten zur Sicherheit die Entfernung vom Basislager in Stunden angegeben. Horst und Holger schoben sozusagen Wache im Basislager. Sie waren der Fixpunkt, von dem Henry auf der Fahrt erzählt hatte, falls etwas Unvorhergesehenes passierte oder einer frühzeitig zurückkehren musste.

Als Herrmann aus der Bucht auf den offenen See hinausfuhr, bemerkte er den angenehmen, leichten Wind, der von Nordwesten kam und ihn in Richtung seines Ziels im Süden trieb. Er setzte genießerisch sein Paddel ins Wasser, ließ es lautlos durch das Wasser, das einen öligen Eindruck machte, gleiten.
Das komme von der unberührten Oberfläche der Naturseen, hatte ihn Holger aufgeklärt.
Manchmal könne das Wasser sogar dickflüssig aussehen. Und wenn Blütenstaub darauf lag, und das kam hier oben im Norden noch im Juni vor, und Käfer und Larven darauf rumkrabbelten, wurde man richtig gehend verunsichert und fragte sich, ob das Wasser sauber sei.
Herrmann ließ einen blauen Blechbecher, der an einer Schnur im Boot hing, über Bord fallen und holte sich einen erfrischenden Schluck Wasser.
Er paddelte nicht schnell. Brutaler Krafteinsatz war nicht nötig.
Ruhig und gelassen konnte er die Umgebung wahrnehmen und beobachten. Die Wasseroberfläche wirkte wie ein Spiegel. Sein Paddelschlag erzeugte kleine Wellen und Strudel an der Oberfläche.

So bewegte er sich an diesem schönen Sommertag im Juli mit seinem Gefährt harmonisch durch die Schönheit der wilden Natur. Er sah einen Biber, später einen Fischotter. In der Ferne zeigte sich eine Rentierherde.

Herrmann war schon zwei Stunden unterwegs. Mit dem leichten Nordwestwind kam er schneller voran, als er gedacht hatte. Er erkannte den großen Felsen, von dem sie letztes Jahr mit einem Hechtsprung ins Wasser gesprungen waren.
Es war ein besonderer Felsen.
In seiner Nähe in einem Gebüsch hatten sie auf einer kleinen Steintafel eine alte schwedische Inschrift entdeckt.
Heinrich der Schwedisch konnte, hatte damals übersetzt:

„Klängstenen
Kletterstein
Gammalt historisk minnesmärke
Altes geschichtliches Denkmal

Alla unga män som tänke fria, mäste först se
om han kunde besegra klängstenen.
Jeder junge Mann, der zu freien gedachte, musste zuerst sehen, ob er den Kletterstein bezwingen konnte.

Utan hjälp skulle han klättra
från stenens fot upp till dess topp.
Den man som klarade detta
Hade alla möjligheter
att få Ja av sin tillbedda.
Ohne Hilfe sollte er vom Fuß des Steines bis zu dessen Spitze klettern.

Der Mann, der das fertig brachte,
hatte jede Möglichkeit
ein „Ja“ von seiner Angebeteten zu erhalten.

Stenen har i alla är använts av männen
som ett sorts mandomsprov.
Männer nutzten den Stein zu allen Zeiten ehrfurchtsvoll
als eine Art Männlichkeitsprobe.

Solitär stand der Kletterstein direkt am Ufer. Er schien unbezwingbar, da er sich nach unten verjüngte und fast wie eine Kugel dalag, die ein Riese an den See gerollt hatte. Rundum Überhänge, wie ein erfahrener Kletterer, der mit in der Gruppe war, behauptete.
Bis dieser einen kleinen Griff, einen winzigen Vorsprung fand, hatte es eine ganze Weile gedauert. Kein anderer hatte es vor ihm geschafft. Es gab nur diese eine Stelle an dem Felsen. Man konnte den Stein nur mit diesem besonderen Griff und einer merkwürdigen Drehbewegung im Körper erklimmen.
Man brauchte den besonderen Blick dafür.

Manche Männer hatten verstohlen zugeschaut und machten es nach. Andere taten so, als ob sie das Ganze nicht interessierte.
Es war aber nicht nur eine Frage von Kraft, den Stein zu erklimmen. Man musste seine Kräfte einteilen und Pause machen. Und es immer wieder probieren.
Dem einen oder anderen halfen die Erfahreneren. Diejenigen, die oben waren, reichten denen unten die Hand. Danach ärgerten sie sich und wunderten sich, dass sie es nicht allein geschafft hatten, aber erst, als sie oben waren.

Dann folgte der weite Hechtsprung vom Felsen ins eiskalte Wasser.
Herrmann hatte darauf bestanden, dass die Stelle vorher abgetaucht wurde, damit wirklich nichts passieren konnte.

Er erinnerte sich, wie der Henry im Kanu gesessen und sich das Ganze von der Seeseite aus betrachtet hatte. Henry ließ noch einmal seine Hand in den Eissee hängen und gab ihnen verschmitzt ein Zeichen, dass das Wasser soooo kalt war, und zeigte dabei Daumen und Zeigefinger im Abstand von ungefähr drei Zentimetern an. Dabei deutete er zwischen seine Oberschenkel, dahin wo sich der anscheinend stark geschrumpfte männliche Zauberstab befand.
Man erlitt tatsächlich einen kleinen Kälteschock, wenn man eintauchte. Dieser Sprung war schwieriger und erforderte mehr Mut als ein angeberisches Bungeejumping mit abgesichertem Seil.
Die jungen Männer hatten alle den Sprung gewagt.

Erst der Jubelschrei, wenn es einer geschafft hatte, auf den Felsen zu kommen, dann der Sprung mit einem gellenden Juchzer und beim Auftauchen ein ekstatisches Jaaaaa über den See. Die Freude war groß gewesen bei allen.

Herrmann war im Nachhinein noch stolz, dass er es im Vorjahr mit seinen 51 Jahren noch geschafft hatte.

Vor dem Sprung hatte er sich mehr gefürchtet als vor der Niederlage beim Klettern. Schon als Junge waren seine Hechtsprünge so manches Mal danebengegangen. Er hatte sich eine krebsrote Bauchdecke geholt oder sich im Übereifer überschlagen, so dass danach der Rücken oder die hintere Seite der Oberschenkel vor Schmerz brannte.

Aber letztes Jahr war er elegant durch die Luft gesegelt, hatte nicht zu früh nach unten geschaut, sondern weit nach vorne geblickt und erst im letzten Moment die Hände zum Eintauchen vorgestreckt.
Wie ein Perlentaucher aus Mexiko hatte er natürlich nicht ausgesehen, aber immerhin. Danach hatte er sich frisch und munter gefühlt.
Für ihn war der Hechtsprung, den er hier mit seinen Freunden und den jungen Männern vollzogen hatte, auch ein symbolischer Sprung in ein neues Leben hinein, von dem er noch nicht recht wusste, was es ihm bringen sollte, aber das er trotzdem beginnen wollte.
Klar war da auch Risiko dabei gewesen, der Körper wurde geschockt, und es gab einen kurzzeitigen Stress, aber das war es ihm wert.

Ihm fiel Hans ein. Er war in einem Erziehungsheim wegen krimineller Delikte im Alkoholrausch.
Hans hatte auch den mutigen Sprung gewagt.
Später hatte Herrmann mit ihm noch das ausdauernde Paddeln im gleichmäßigen Rhythmus geübt. Am Anfang war der Junge zu dreißig Paddelschlägen fähig, dann schaute er in die Luft, wackelte im Boot, quatschte und patschte ins Wasser, redete mit sich selbst.

Nach 14 Tagen konnte er 200 bis 300 Schläge in einem gleichmäßigen Rhythmus durchhalten.
Schade, dass er damals in Stockholm ausgerastet war!

Können ältere Männer jungen Männern wirklich vermitteln und vor allem vorleben, dass es sich lohnt, erwachsen zu werden, fragte sich Herrmann. Und, dass es sich um eine neue Dimension im Leben handelt, in der sie mehr Verantwortung für ihre eigenen Kräfte übernehmen müssen, in dem sie sich aber weiter und anders entfalten dürfen als bisher.
Und wie reizvoll es ist, mit den unterschiedlichen Kräften eines Mannes umzugehen: mit dem Denker, dem Meditierenden, dem Liebhaber und dem kraftvollen Mann in sich selbst.
Herrmann wusste selbst, wie schwer es früher für ihn war, diese Kräfte in Balance zu halten. Er dachte an seine Sauftouren aus alten Tagen und an seine jüngsten Hechtaktionen.
Nach der Rückkehr nach Deutschland hatte Herrmann von Hans nichts mehr gehört.

Herrmann erinnerte sich an seine eigene Jugend.
Er hatte gekifft und sich besoffen und dann mit knapp 18 Jahren bei einem Autounfall beinahe andere Menschen in den Tod gerissen.

Henry hatte in seinen Seminaren oft über Initiation gesprochen und eine Lebensorientierung aus dem tiefsten Inneren der reifen Männer gefordert. Dass die

modernen Männer eine solche Wegweisung neu finden müssten.
Initiation, diese besondere Form der Einweihung in das erwachsene Männerleben, sollte zu aller erst dazu dienen, das eigene Talent, das eigene Wesen und die männliche Seelenqualität zu entdecken.
Dazu waren Sinnlichkeit, Kraft, Gefühl und klares Denken notwendig, das hatte Herrmann kapiert.
Die fünf „Alten“ hatten sich letztes Jahr nach der Reise die schrecklichen Statistiken der Kriminalämter angeschaut. Junge Männer waren darin weitaus häufiger Opfer eigener und fremder Gewalt. Deshalb brauchten sie Unterstützung darin, ihr eigenes Kraftpotenzial handhaben zu lernen, statt dass dies durch die öffentliche Meinung von vornherein nur als Gewaltpotenzial missverstanden würde.

Der Umweg

Herrmann war die ganze Zeit weitergepaddelt.

Das Haus des Elchjägers war nicht mehr weit.
In der Bucht vor dem Gehöft stieg Herrmann aus.
Das schwedische Holzhaus war in einem erdigen Rot, die Dachbalken und Türpfosten weiß gestrichen.
Die zahlreichen Elchgeweihe an der Scheunenwand machten auf Herrmann Eindruck. Es mochten fast dreißig sein. Vor der Scheunenwand hing ein Flaschenzug an einem verrosteten, aber noch intakten Eisengestänge. Solche Dinger hatte Herrmann am Rande der Schotterpisten und buckligen Holzwege ab und zu gesehen, als sie mit dem Landrover und den Kanus in die Wildnis gefahren waren.
An ihnen wurden die erlegten Elche zum Ausweiden aufgehängt. Etwas eklig fand er es schon, wenn er sich ausmalte, wie die schönen großen Tiere in der Landschaft hingen. Zerlegt und zersägt von Männern mit roten Fähnchen an den Schirmmützen, an die 20 Städter, meist aus Stockholm, die für 15.000 Euro eine Hightech-Jagd in Geländewagen organisierten. Die roten Wimpel dienten dazu, dass sie sich in der Aufregung nicht gegenseitig über den Haufen schossen.

Die „Twiggeaters“, Zweigfresser, wie die Elche auch genannt wurden, fanden in dieser Gegend genug Nahrung. Dazu gab es 70.000 Rentiere. Diese Zahl hatte Herrmann vom Kanuverleiher mit den kurzen Hosen und blutroten Beinen. Er hatte die unangenehme Art, die Moskitos mit der flachen Hand zu zermatschen, anstatt eine lange Hose anzuziehen. Er verhielt sich auch sonst etwas merkwürdig. Obwohl er aus der Region stammte, hatte er Herrmann gebeichtet, dass er Angst vor den kleinen Braunbären hatte, die sich hier und da mal in das Gebiet verirrten, aber vor Menschen sofort Reißaus nahmen. Er trug einen lächerlich großen Dolch mit einem riesigen Knauf in Form eines Elchkopfes am Gürtel.

Jetzt stand Herrmann vor dem schmucken Haus, das von bunten Blumen umsäumt war. Es gab keine Zäune. Im Hintergrund waren zwei ältere Menschen in einem Garten beschäftigt. Ihre langsamen und behäbigen Bewegungen verrieten, dass sie über 60 Jahre sein mussten.
Herrmann näherte sich der Veranda.
Die beiden Alten begrüßten ihn von weitem. Herrmann blickte um das Haus herum und sah einen etwa 12-jährigen Jungen und ein Mädchen, das ungefähr acht Jahre alt war. Beide waren typisch schwedisch blond.
Im Haus knarrte eine Tür.
Der Elchjäger kam ihm entgegen.
Er war ein muskulöser Mann um die 35.
Er schaute fast ein wenig gelangweilt und knöpfte sich seine kurze Hose zu.
Herrmann wurde sofort wiedererkannt.
Kurz darauf kam seine Frau dazu, eine dralle Blondine mit Sommersprossen im Gesicht. Sie sagte „hallo“ und knöpfte sich den unteren Teil der überhängenden Bluse zu. Sie roch nach Jasmin, als sie näher bei Herrmann stand. Hermann meinte fast den merkwürdigen Geruch eines vollbrachten Schäferstündchens zu schnuppern.

Und jetzt war er sich ganz sicher. Es war die Blondine, die sie gestern auf dem Deck des Wohnwagens gesehen hatten.
Die Schweden rückten ein paar Plastikstühle und einen Tisch zurecht. Die Großeltern und Kinder waren plötzlich auch da.
Die beiden Alten gaben ihm aufmerksam ihre erdigen Hände. Die Kinder turnten noch eine Weile auf dem Minitraktor herum und zeigten ihre Kunststücke.
Dann kamen sie gierig näher als sie den Obstkuchen sahen.

Herrmann war gerührt von solcher Familienidylle.
Er erzählte, dass sie oben am See kampierten. Die Schweden wussten schon Bescheid. Wer ihnen die Information gegeben hatte, verrieten sie nicht. Aber vermutlich hatte der Kanuverleiher ihnen erzählt, dass sich die fünf Männer aus Deutschland für Flora und Fauna und die Wasserqualität in diesem Gebiet interessierten.
Das war auch gut so!
Ihr Geheimnis hatten sie dem Vermieter der Kanus nämlich nicht preisgegeben, da er ihnen wie ein Plappermaul vorkam.
Die junge Schwedin kam mit Fotos, die zwei junge Bären etwa fünfzig Meter vom Haus im Schnee zeigten. Aufgeregt erzählte sie Herrmann, dass sie doch manchmal Angst um ihre Kinder habe. Herrmann blickte sie mit einem Auge ruhig und freundlich an, das andere sah ihre wunderbaren Brüste, die unter ihrem Hemd verborgen waren.
Und er sah noch viel mehr.
„Fleischlich lieb ich mir die Seele, und beseelt lieb ich das Fleisch", funkte ein Bertolt-Brecht-Gedicht in seinem Kopf herum.

Herrmanns Nasenflügel versuchten von neuem diesen merkwürdigen Geruch zu erhaschen, der sich aber bereits in der frischen schwedischen Luft verflüchtigt hatte.
Die Kinder hatten den Tisch verlassen, um weiterzuspielen. Herrmann hatte keine Kinder.
Mit 52 Jahren war es wahrscheinlich zu spät, um eine Familie zu gründen.
Beim Tee erfuhr Herrmann, dass es am Ende des Sees eine kleine Siedlung gab. Dort gingen auch die Kinder zur Schule. Deutschland kannten die Schweden sehr wohl, fuhren aber meistens gleich weiter nach Italien. Es drängte sie zur Sonne und zum Licht. Die Großeltern berichteten, dass der riesengroße See früher aus drei Seen bestand, die durch Flüsse und Wasserfälle verbunden waren. Die Strömungsgeschwindigkeit sei enorm höher gewesen, was nicht ganz ungefährlich war, wenn sie mit dem kleinen Motorboot oben an der engen Stelle beim Hochzeitsfelsen, wie sie ihn nannten, ans andere Ufer wollten.
Dafür gab es mehr Lachse und Forellen, weil der Sauerstoffgehalt höher war. Jetzt gab es zu viele Hechte in den Sumpfgebieten, die sich am flachen Ufer gebildet hatten. Leider fraßen die Hechte die jungen Forellen.
Aber es war auch angenehm, billigen Strom zu bekommen, der im Kraftwerk dreißig Kilometer weiter unten erzeugt wurde. Sie könnten diesen sogar in andere Länder exportieren, der schwedische Wohlstand sei darauf gegründet.
Die beiden Alten waren zufrieden, dass sie nicht mehr mit dem Pferdefuhrwerk in die nächste Stadt fahren mussten. Der Sohn des Alten begleitete ab September die Jagdgesellschaften in die umliegenden Wälder und verdiente anscheinend mit diesem Saisongeschäft genug.
Es wurde schwüler.

Die Sonne begann schon Richtung Westen zu wandern. Der Abend kündigte sich so an.
Herrmann blickte zum Himmel. Dunkle Wolken zogen heran.
Er würde einige Zeit brauchen, um zu seinem Kletterstein zurückzukommen.
Die Kinder tollten jetzt hinten auf der Wiese in der Nähe der Pferde, die für Touristen bereit gehalten wurden, die gelegentlich mit einem Wasserflugzeug auftauchten.
Es wurde windig. Herrmann zog sich seine Jacke an. Die Schweden blickten auch nach oben. Die beiden Alten verabschiedeten sich.
Herrmann beneidete den Elchjäger um seine Familie und sein Liebesleben.
Er sagte, dass er sich beeilen müsse, um vor dem Regen zurück zu sein. Der Elchjäger bedeutete ihm, noch einen Moment zu warten. Ein paar Minuten war Herrmann mit der Schwedin allein. Aber er war zu schüchtern, um irgendwelche Worte zu wechseln.
Ihm fiel in der Aufregung nichts ein.
Er lächelte sie freundlich an.
Seine leidenschaftlichen Gedanken verdrängte er.

Und schon war auch ihr Mann wieder da.
Im Packpapier hatte er eine Elchwurst, die er ihm zum Abschied schenkte.

Herrmann kämpfte gegen die Wellen.
In seinem Kanu lag die Elchwurst, und er war auf dem Weg zu seinem Fastenritual.
Er musste laut lachen. Bei ihm ging es doch ums Genießen.

Das Schwedenhaus war nur noch ein winziger Punkt am rückwärtigen Horizont.
Herrmann hing seinen Gedanken nach.
Der Wind ließ nach, und es begann zu tröpfeln.
Er zog sich seine Regenjacke über. In Ufernähe paddelte er mühsam mit seinem schlanken Kanu. Nach einigen Paddelschlägen wechselte er immer wieder auf die andere Seite. So schlängelte er sich voran.

Herrmann sinnierte weiter.
Horst hatte vor sieben Jahren geheiratet und zwei Kinder im Alter von fünf und drei Jahren.
Henrys Frau war gerade für ein halbes Jahr aus den Vereinigten Staaten zu Besuch gekommen. Na ja, die hatten Schwierigkeiten. Aber immerhin.
Heinrich hatte eine Freundin und dachte daran, in zwei Jahren zu heiraten.
Holger hatte hier und da ein Techtelmechtel.
Er selbst hatte vor vier Jahren zum zweiten Mal in seinem Leben eine schmerzhafte Trennung hinter sich gebracht. Er schien für eine Zweierbeziehung nicht geeignet. Erneute Verletzungen wollte er sich ersparen. Er sah zu viele gescheiterte Beziehungen.

Der Wind kam wieder stärker auf, und der Regen verstärkte sich.
Die Gegend sah genauso aus wie am Matachewan-River in der Nähe der James Bay in Ostkanada.
Herrmann erinnerte sich gern an seine Zeit in Kanada.
Er hatte drei Monate im Wald gelebt und dieses Abenteuer mit dem Studium von Naturritualen verbunden.
Zum Teil war er alleine, dann wieder in einer Gruppe.

Sie hatten mit rituellen Masken und Gesängen gearbeitet. Die Masken erlaubten ihnen, Götter, Tiere, Pflanzen darzustellen. Ein Indianer der Objiway und der französische Leiter machten ihn mit der besondern Art schamanischen Denkens vertraut.

Herrmann war damals oft barfuß unterwegs gewesen. Seine Füße hatten immer mehr zu ‚lachen' angefangen, er hatte ‚Seele an die Füße' bekommen, wie die Tänzer im Theater oft behaupteten. Tagelange kostenlose Massage der Füße. Seine Fußzehen hatten beim Gehen immer affenähnlicher in die Erde gegriffen. Kein einziges Fleckchen des Waldbodens war gerade wie der harte Asphalt der Städte, der die Wirbelsäule erschütterte.

Er dachte in diesem Moment an den alten Henry mit seinem Barfußamulett und daran, dass die Männer barfuß über spitze Steine und blumige Wiesen gehen sollten. Er war nicht so naiv, dass er die symbolische Aussage damals im Männerseminar nicht verstanden hätte.

Damals ging es auch um die Gefühle, die die Medien wie Film und Fernsehen einem ständig anboten und vorgaukelten. Sie lernten, dass eine Maske, wenn sie richtig eingesetzt wird, mehr über menschliche Eigenheiten erzählen könne, als sie verdeckt.

Und um die Erforschung existenzieller Gefühle und Erfahrungen, die moderne Schauspieler nicht besonders echt auf der Bühne repräsentieren konnten, weil sie sie nicht zur Genüge erfahren hatten.

Er hatte begriffen, dass starke Gefühlsbewegungen nicht so dramatisch und exaltiert daherkamen, wie sie so oft in Theatern und Filmen besonders in Amerika, aber inzwi-

schen auch im so genannten Alten Europa mit vehementen Gefühlsausbrüchen dargestellt wurden.
Theater, Dramatik, Aktion. Existenzielle Gefühle wie die Angst vor dem Tod sickern eher langsam in den Körper ein. Das Bewusstsein über den Verlust eines geliebten Menschen taucht sehr verzögert auf. Vielleicht geschieht im Gegenteil sogar ein langsames Verschließen vor den tieferen Emotionen.
Trauer und Verletzung und sogar Aggression gegenüber dem Schicksal erscheinen erst später in kleinen hinterhältigen Witzeleien.
Das kannte Herrmann von sich selbst.

Sie hatten auch die Rhythmusänderungen in der Natur beobachtet und sich die Nächte stumm am Feuer sitzend wachgehalten.
Herrmann fiel, während er so paddelte, eine solche Vigil Nachtwache also ein...
Wie die ersten Sonnenstrahlen morgens das Wasser belebten, das Wasser sich kräuselte und die Natur erwachte...

Er war damals das erste Mal auf Hechtjagd gewesen!
Greg mit seinen 13 Jahren gab ihm Nachhilfeunterricht, wenn sie die Blinker auswählten. „Du musst den roten nehmen. Darauf stehen sie. Schau dir das Auge eines Hechtes an. Es ist voller Gier. Wenn er rot sieht, muss er beißen!“
Auch das Kanufahren hatte er von ihm gelernt.

Das Schwedenhaus war nicht mehr zu sehen.

Herrmann blickte auf die andere Seite des Sees.

An der Silhouette der Baumgruppen konnte er deutlich die grundsätzliche Windströmung in diesem Gebiet ablesen. Der Wind hatte sich in die Landschaft eingraviert. Er kämpfte weiter geduldig gegen Wind und Wellen.
Es war riskant, zu weit vom Ufer wegzukommen.
Doch bald musste er auf die andere Seite des Sees wechseln, um nicht die große Bucht auf seiner Seite ausfahren zu müssen. Außerdem wollte er zum Kletterstein. Das war sein Platz!
Mit aller Kraft musste Herrmann jetzt das Kanu mit seiner Spitze in den Wind stellen. Wenn er nur kurz die Ideallinie verließ, bestand die Gefahr, dass sich das Kanu parallel zu den Wellentälern drehte. Dann war er dem Schaukeln hilflos ausgeliefert und konnte leicht umkippen.
Er konzentrierte sich noch mehr.
Einen kurzen Moment überlegte er sogar, ob er sich mit der Strömung zurücktreiben lassen sollte. Aber das war fast noch gefährlicher.
Er kam jetzt nur noch zentimeterweise vorwärts.
Er spürte die kalte Nässe im Gesicht und auf den Händen.
Die Sicht war jetzt trübe, was hier selten vorkam.
Schemenhaft erkannte er die ersten großen Felsblöcke auf der anderen Uferseite.
Er würde es schaffen.
Der Felsen war bald in festeren Umrissen zu erkennen.
Mit wackeligen Knien stieg Herrmann aus dem Kanu.
Sein Herz pochte. Er zog das Kanu ans Ufer und legte sich hinter den Felsen.
Er war erschöpft.
Er dachte an Horst und Holger, die sich jetzt bestimmt etwas Schönes brutzelten.

An der Elchwurst durfte er sich nicht vergreifen.
Dass er sie ausgerechnet jetzt in seinem Gepäck hatte, war wohl die Strafe für den Umweg.

Männliche Seelenlandschaft

Im Gegensatz zu Herrmann, der sich hatte nach Süden treiben lassen, musste sich Heinrich mit aller Macht und seinem Boot gegen den Nordwind stemmen.
Er hatte vor drei Tagen mit Henry an das andere Seeufer übergesetzt.
Henry war dann ausgestiegen und hatte sich gleich auf einen sanften Hügel begeben, von dem er fast auf das Basislager schauen konnte. Zuvor hatte er mit Heinrich noch ausgemacht, dass dieser ihn nach den vier Tagen auf dem Rückweg wieder mitnehmen solle.

Nach einer Stunde Fahrt fand dann auch Heinrich einen geeigneten Fasten- und Meditationsplatz, der in einer bemoosten Mulde versteckt hinter hohen Fichten lag. Vom See her konnte man ihn nicht sehen. Außerdem war er dort einigermaßen vor dem Wind geschützt.
Heinrich konnte auf die norwegischen Berge blicken, die sich sogar Mitte Juli mit dem Weiß der letzten Schneereste bedeckt zeigten. In seinem dichten und dunklen Zauberwald blickte ihn ein Doppelgesicht aus einem abgebrochenen Stück Holz lachend und weinend an.
Heinrich sorgte für sich, indem er gleich am ersten Tag Feuerholz sammelte. Beim Fasten spürte man Kälte und Nässe doppelt.
Nachdem er sein kleines Zelt aufgebaut hatte, machte er sich daran, zwei Steinhaufen anzulegen. Mit großer Mühe schleppte er die Steine heran, die Argumente symbolisieren sollten.
Ein Stein stand für seine Ausbildung zum Krankengymnasten, der andere für die Idee, Zen, Yoga und moderne Meditationstechniken in diesen Beruf mit hineinzunehmen.

Immer wieder ging er zwischen diesen beiden Steinorten hin und her. Irgendwann war er erschöpft. Moskitos schwirrten in bedrohlichen Schwärmen aggressiv umher und machten ihm zu schaffen. Er musste sein Moskitonetz aufsetzen. Er hatte nicht bemerkt, dass er in der Nähe eines Sumpfes residierte.
Nun sah er aus wie ein beschäftigter Imker, der zwischen den Bäumen umherwanderte.
Würde er seinen Honig finden, den er als Mann, der eine Entscheidung sucht, brauchte ?
Er entdeckte ein Rentiergeweih mit blutroten Hautfetzen daran.
Er stellte es als Zeichen auf.
Bedeutete es für ihn Würde und Kraft, Sieg oder Niederlage, oder war es nur zur Zierde und Zeitvertreib?
Vielleicht nur, damit er seinen Platz schneller wiedererkannte und sich nicht so verloren vorkam?
Musste er sich von etwas verabschieden?
Von seiner chaotischen Jugendzeit mit den vielen Drogen?
Er blickte zur doppelgesichtigen Maske.
Ein Eichhörnchen sprang vergnügt von Ast zu Ast.
Er dachte darüber nach: Musste er sich noch mehr dem Leben stellen?
Er musste seinen eigenen Weg finden. Er musste sich entscheiden.
Er verlagerte seinen Platz nach vorne auf ein wuchtiges Felsplateau am See. Jetzt war er deutlich von allen Seiten zu erkennen, aber auch ungeschützter. Ein Greifvogel landete in seiner Nähe, stieg wieder auf und stürzte sich im Sturzflug auf seine Beute im See.
Heinrich stürzte sich im gleichen Moment mit einem weiten Hechtsprung ins eiskalte Wasser.

Der alte Henry saß mit seinem Krückstock aus Plastik oben auf dem Hügel. Er hatte den großen Rundblick nicht hinüber zum Basislager, sondern über das ganze Seengebiet. Grüne Wälder, soweit das Auge reichte. Man konnte darin verloren gehen wie im Dschungel eines Männerlebens. Die Orientierung verlieren.
Er hielt ein Papier in der Hand.

Herrmann stellte sein Zelt auf. Er hatte Hunger.
Ein Hechtsprung wie im letzten Jahr schien ihm nicht möglich, er machte schon gar nicht erst den Versuch den Felsen hochzuklettern.
Dafür hatte er jetzt die Muße, sich diesen großen solitären Stein einmal genauer anzusehen.
Dieses Mal nahm er überhaupt erst wahr, dass sich auf dem Findling aus Urzeiten trotz Wind und Frost ein bunter Flechtenteppich ausgebreitet hatte.
Herrmann wusste von Holger, dass eine Flechte aus zwei Lebewesen besteht: aus einer Alge und einem Pilz, die sich in Symbiose befinden, sich also wie ein Lebewesen verhalten. Die Alge, in deren Blattgrün die Photosynthese stattfindet, erzeugt die notwendige Menge Stärke für sich und ihren Partner. Der schützt die Alge durch seine zähe Haut, saugt Wasser aus der Atmosphäre, nagt mittels organischer Säuren an dem Gestein und löst dadurch die zum Stoffwechsel notwendigen Mineralstoffe. Unter der Flechte zerkrümelt der Stein langsam.

„Auf unserem Liebespaar wachsen Moose", Herrmann führte Selbstgespräche.
„Dann kommen die Farne und dann kleine Bäumchen, die mit ihrem Wurzelwerk den ganzen Felsen sprengen können.

Na, ihr zwei Süßen, das hättet ihr nicht gedacht, was ihr alles bewirken könnt. Ihr seid ja zum Steinerweichen."

Erinnerungen an seine verflossenen Lieben tauchten auf.

Herrmann wehrte sich dagegen.

Jäh sprang er auf, nahm einen faustgroßen Stein, der auf dem Boden lag, und rieb diesen mit ausholenden Kreisbewegungen auf der jetzt noch holprigen Schräge des Solitärs.

An dieser Stelle waren kaum Flechten vorhanden.

Er wusste gar nicht, was in ihn gefahren war.

Das Steinreiben hatte er auch in Kanada gelernt.

Man rieb immer im Kreis, stundenlang.

Durch das Reiben schliffen sich die beiden gleichartigen Gesteine aneinander ab. Es bildete sich feiner Steinstaub, gleichzeitig entstand ein Ton, der erst wie ein Scharren und Knarzen hervorkam; je länger die Prozedur jedoch dauerte, umso glasiger wurden die Klangfarben.

Es war erstaunlich.

Man konnte mit einem Felsen und einem einfachen Stein fast ebenso Musik machen wie mit Klanghölzern.

Das Reiben war anstrengend, und nach einer Weile taten Arme und Schulter weh. Aber im Inneren war diese Tätigkeit erstaunlich entspannend, wodurch Herrmanns Gedankenkino zur Ruhe kam. Die Kratzspuren zeichneten sich kreisförmig auf dem Kletterstein ab.

Herrmann blickte zum See und sah den Himmel, der sich darin spiegelte.

Seine Augen schweiften umher und dann ab.

Der Riese Ymir aus der germanischen Sagenwelt tauchte in ihm auf.

„Ymir, aus dem die Erde geschaffen war.
Aus seinem Schweiße schufen die Götter die Seen, aus seinem Gebein die Berge,
aus dem Haar die Bäume.
Aus der Schädeldecke den Himmel.
Aus den Augenbrauen schufen die Götter die Menschen und aus seinem Hirn die Wolken."
Diese Worte kamen aus der Edda.

Herrmann liebte diese alten Mythen.
Er setzte im Stillen die Geschichte mit Ymir fort und was aus seinen Ohren, Fingernägeln und sonstigen abstehenden Organen und Körperteilen wohl alles geworden war.
Und endlich hatte er den Grund gefunden, warum die schwedischen Seen leicht übersäuert waren.
Es war der Schweiß Ymirs. Davon wollte er Holger überzeugen, wobei dieser dann bestimmt behauptete, dass dies an dem Untergrundgestein dieser Region liege und am sauren Regen, der aus Westeuropa kam.
Während er dann dagegenhalten würde und behaupten könne, dass ein über dreißig Kilometer gestauter Schweißsee eines Riesen einfach leicht sauer werde.
Und es gab noch den anderen Riesen, den gefräßigen mit seinen ungestümen Armen in Form von modernen, übergroßen Waldmaschinen, deren hässliche Furchen weiter hinten im Wald zu erkennen waren. In Kanada hatten die großen Schiffbauunternehmen in den vorigen Jahrhunderten auch die wunderbaren Zedernwälder ruiniert, weil sie das Holz zum Bau der Handels- und Kriegsschiffe brauchten.

Herrmanns Kopfkino kam wieder in Gang.
Er beendete das Reiben und warf den abgewetzten Stein in hohem Bogen in den See.

Die Zeit verging.
Herrmann trank mehr Wasser, damit er keine Kopfschmerzen bekam. In seinem Rucksack lauerte die verführerische Elchwurst.
Er stellte ihn hinter einen Busch, weit weg, um ihn nicht sehen zu müssen.

Am nächsten Tag fand Herrmann in der Nähe seines Platzes zu seiner Überraschung ein rostiges Messer. Nicht weit davon lagen angeschmorte alte Gummistiefel und ein Ölkanister. Er schaute sich um. In der Asche einer kleinen Feuerstelle wuchs Gras. Er hielt inne und schaute sich noch einmal um. Möglich, dass diese Holzfäller ein Feuerchen gemacht hatten. Wahrscheinlich hatten sie sich besoffen und dann ihre Sachen samt Fischmesser vergessen. Herrmann packte die Gegenstände in das Kanu.
Er fand es schade, dass solches Zeug bereits in der Wildnis auftauchte. Es störte ihn in seinem idyllisch-romantischen Verständnis von Wildnis.
Vielleicht war es auch ein Fischer mit seinem Boot?
Gab es hier etwa Hechte?
Er begab sich wieder zum Seeufer. Er versuchte sich die Zeit und den Hunger zu vertreiben, indem er auf Hechtsuche ging. Allerdings ohne Angel. Nicht einen Hecht erblickte er in den nächsten Tagen.

Herrmann hatte keine Uhr dabei. Und bei den hellen Nächten wusste man oft nicht, wie spät es wirklich war. Er fühlte sich jetzt doch schon sehr geschwächt.

In der dritten Nacht hatte er einen Traum... und hatte einen Traum.
Er folgte einem kleinen Fluss in einem Sumpfgebiet am Matachewan-River in Nordostkanada.
Hatte diesen und jenen Biss an der Angel.
Fing zwei kleine Hechte.
Nach einiger Zeit bekam er Hunger und wollte zu dem Felsen zurück, von dem aus er aufgebrochen war. Aber er fand diesen markanten Felsen an dem kleinen Tümpel nicht mehr.
Er wurde immer müder und hungriger.
Er hatte sich verirrt. Er bekam Angst.
Herrmann bewegte sich schneller, ein großer Fehler in der Wildnis.
‚Bleib stehen, leg dich auf die Erde, wenn du dich in der Wildnis verlaufen hast',
hatte ihm sein Wildnisführer gesagt.
Aber in der Panik vergaß er die hilfreichen Regeln.
Er wurde immer hektischer.
Er war verwirrt.
Kletterte auf einen Baum. Versuchte mit Hilfe einer Landkarte seinen Standort herauszufinden. Er musste schon Stunden unterwegs sein. Es war immer noch taghell wie zu Beginn. Die Streichhölzer waren nass.
Hatte er den kleinen Fluss überquert oder nicht?
Herrmann wusste weder ein noch aus. Endlich sah er Fußspuren.
Waren sie von einem Elch? Einem Rentier?
Waren sie von einem Bären? Er folgte den Spuren.

Er konnte kaum noch gehen. Er war wie gelähmt. Er bekam immer mehr Angst. Erschöpft setzte er sich auf einen Stein.
Musste er einen Waldbrand machen, damit die Feuerpiloten auf ihn aufmerksam wurden?

Da schob er sich auf dem Stein, auf dem er saß, etwas nach links, eine Handbreit nur. Er blickte auf eine Birke, die am Rande des kleinen Sees stand. Und plötzlich erkannte er das Bäumchen wieder. Er war an der gleichen Stelle wieder herausgekommen, von der er losmarschiert war.
Die Spuren waren seine cigenen gewesen!
Jetzt wusste er auch wieder, wie er das Basislager erreichen konnte. In diesem Moment wachte er auf.
Herrmann grübelte in seinem Schlafsack über den Traum nach.
Er hatte lange nicht glauben können, dass er wieder an der gleichen Stelle war.
Was nicht sein konnte, durfte nicht sein, wurde als falsch deklariert. Erst als er die „neue“ Birke als die „alte“ Birke erkannte, akzeptierten seine Gehirnwindungen die Realität und ließen das unmögliche Gedankenspiel zu.

An die Elchwurst durfte er auch am vierten Tag nicht ran. Das waren die verabredeten Spielregeln.
Die letzte Nacht war qualvoll, aber Herrmann wollte durchhalten. Ab und zu schlief er ein, dann schreckte er wieder hoch.
Plötzlich hörte er von weit her ein Wummern. Es waren die Holzknüppelschläge auf die leere Verpflegungstonne. Horst und Holger trommelten wie verabredet auf der

Mitte des Sees, um allen drei Männern das Zeichen zur Rückkehr zu geben.

Erschöpft packte Herrmann sein Gepäck zusammen und paddelte langsam zum Basislager zurück.

Als er ankam, empfingen ihn Krabbenhorst und Tangoholger mit einer herzlichen Umarmung.
Sie nahmen nur kurz ihre Moskitonetze ab, in denen sie aussahen wie Spezialisten von der Feuerwehr mit Schutzmasken gegen Giftgaswolken.
Die zwei waren froh, dass Herrmann endlich aufgetaucht war.
Es war schwül und endlose Moskitoschwärme hatten sich auf der windgeschützten Halbinsel breit gemacht.
Der Wind wehte weiter draußen auf der Mitte des Sees.
Alles hatte seine zwei Seiten.

Herrmann begab sich zielstrebig zur rauchigen Lappenkote. Die Moskitos waren gefräßig.
Seine beiden Freunde päppelten das Feuer in dem tipiartigen Zelt noch einmal für ihn geschickt hoch.
Herrmann aß genussvoll eine Suppe und original schwedisches Knäckebrot.
Henry und der junge Zauberlehrling schliefen bereits in ihren Zelten. Sie waren zu erschöpft gewesen, um noch zu essen.

Heilsame Geschichten

Am nächsten Tag ruhten sie sich aus. Abends lümmelten sich die fünf in der großen Lappenkote der Länge nach hin.

Heinrich hatte das Rentiergeweih mit den getrockneten braunen Hautfetzen neben sich liegen.
Henry hielt sein Blatt Papier in der Hand.
Herrmann hatte sich seinen kleinen Rucksack unter den Kopf geschoben.
In der Mitte hatte Horst fünf Kerzen angezündet.
Es roch angenehm nach Baumharz, das Holger auf die Kerzen gestreut hatte. Er schloss den Reißverschluss des Zeltes, obwohl niemand zu erwarten war.
Henry begann in seinem etwas unbeholfenen Deutsch mit der typisch amerikanischen Sprachfärbung:

„Männer!“, und dann kicherte der alte Bettelmönch ein wenig verrückt
„Ich habe gar nichts in der Wildnis da draußen gemacht. O.k.?
Ich habe keine komischen Visionen oder Halluzinationen wie das manche nennen, gehabt. O.k.?
Ich habe ein bisschen nachgedacht und in die Gegend geschaut. O.k.?
Ich habe ein altes deutsches Gedicht übersetzt.
Ich weiß nicht was soll es bedeuten“ wieder lachte er merkwürdig. „Kennt ihr das? Ich weiß nicht, was soll es bedeuten, dass ich so traurig bin, ein Märchen aus uralten Zeiten, es geht mir nicht aus dem Sinn.
Wisst ihr, was das bedeutet, Männer, richtig übersetzt?
Ich weiß nicht, ob Heinrich Heine wusste, was er da geschrieben hat, genauso wie euer Richard Wagner mit

seiner Rheingold-Hollywood-Fassung, die er aus vielen Geschichten der germanischen Sagen recht willkürlich zusammengeschustert hat.
Diese tiefsinnigen deutschen Künstler, die sich recht steuerlos mit den unbewussten Kräften verbinden und in der schamanischen Unterwelt umhersegeln, ohne zu wissen, was sie tun!"

Herrmann war erstaunt, wie viel der Alte über Deutschland wusste, geriet aber unter körperliche Anspannung, er war ja selbst Künstler gewesen.

„Na ja, vielleicht wusste Heinrich schon, was er da geschrieben hat", setzte der Alte hinterher und blinzelte freundlich zum Zauberlehrling Heinrich.
„Meine Übersetzung dieser Passage jedenfalls lautet:
Ich kenne sie nicht, meine eigene Seele, und deshalb bin ich traurig.
Märchen können mich seltsam bewegen, sie berühren verborgene Seiten in mir.
Die Luft ist kühl und es dunkelt, und ruhig fließet der Rhein;
der Gipfel des Berges funkelt im Abendsonnenschein,
die schönste Jungfrau sitzet dort oben wunderbar,
ihr goldenes Geschmeide blitzet,
sie kämmet ihr goldenes Haar.
Männer, das bedeutet:
In meinem Geiste ist die ruhige Kühle der nahenden Nacht und gleichzeitig ein beunruhigendes Schimmern und Flackern; dieses Leuchten und Flackern und Schimmern wird zu einer Frauengestalt, die sehr faszinierend und verlockend ist.

Sie kämmt sich mit goldenem Kamme
und singet ein Lied dabei,
das hat eine wundersame, gewaltige Melodei."

Herrmann schaute verlegen zum Zeltdach. Wieder so viel Pathos!

Alle lauschten.

„Ich weiß nicht, dass diese Frau ein Teil meiner eigenen Seele ist, deshalb verwechsle ich meine eigene innere Schönheit und Harmonie mit den Erscheinungen in der äußeren Welt und mit leibhaftigen Frauen.
Und schaue ständig nach der Frau auf der anderen Straßenseite, obwohl ich gerade mit einer zusammen bin.
Den Schiffer im kleinen Schiffe ergreift es mit wildem Weh,
er schaut nicht die Felsenriffe, er schaut nur hinauf in die Höh.
Ich glaube, die Wellen verschlingen am Ende Schiffer und Kahn,
das hat mit ihrem Singen die Loreley getan.
So werde ich besessen, süchtig und abhängig, ich bin nicht aufmerksam und verliere mich in meinen eigenen unbewussten Träumen.
Am Ende leide ich so unter Verwirrung dass ich untergehe. In meiner großen Unbewusstheit gebe ich daran den Frauen die Schuld. O.k.?"

Und Henry kicherte wieder etwas verrückt.
Herrmann pulte verlegen an seinen schwarz umrandeten Fingernägeln.
Meinte Henry ihn?

Hatte er ihn vom Berg aus auf der Fahrt zum Elchjäger und der Blondine beobachtet ?

Herrmann hatte sich als Kulturschaffender auch mit Wagner auseinander gesetzt:

Wagners Versuch mit Hilfe der Kunst hinter die Kulissen einer oberflächlichen Welt zu blicken und anderen einen Zugang zur eigenen Tiefe zu ermöglichen, fand er akzeptabel. Mit Hilfe der Kraft der Phantasie, die in der modernen zivilisierten Welt oft dem Realen entgegengesetzt wurde.

In der schamanischen Dimension und im Leben der Naturvölker wurde dagegen die Phantasie als ebenbürtige Realität gewürdigt. Erscheinungen von Fabelwesen, Geistern, Spirits wurden dort nicht mit dem Begriff der Spinnerei belegt, sie waren tatsächliche Wesenheiten, mit denen man sprechen konnte und die einem mehr erzählen konnten als ein Traum.

Die moderne Psychiatrie betrachtete eine solche Haltung als krankhaft, sprach von Halluzinationen und schizoider Störung.

Für die Weisen der Naturstämme war dies dagegen die Welt der Kreation, Schöpfung und der unsterblichen Möglichkeiten.

Obwohl Herrmann seine letzte Skepsis gegenüber einer solchen Weltsicht noch nicht aufgegeben hatte, stimmte er ein Lied an, das er in Kanada zum ersten Mal gehört hatte: "I am the weaver, I am the woven one, I am the dreamer, I am the dream - Ich bin der Weber, Ich bin der Gewobene, Ich bin der Träumer, Ich bin der Traum."

In der modernen „zivilisierten Welt" wurde höchstens den Kindern ein Zugang zu dieser allseits beseelten Welt zugebilligt. Sie durften mit diesen Wesen sprechen. Bei den alten Naturvölkern verbanden die Menschen diesen so genannten kindlichen Zustand durchaus auch mit dem Realitätsbewusstsein eines Erwachsenen. Für sie war dies kein Widerspruch. So hatte es ihm der alte Objiway erzählt.

Tangoholger nahm sich eine Tasse Tee.
Krabbenhorst spielte mit einem kleinen Stöckchen an der Kerze herum.
Keiner sagte etwas.

Henry stand auf und ging zum Pinkeln. Nach einer Weile kam er wieder in das Zelt. Der Zauberlehrling bot ihm freundlich ein paar Kekse an.

Dann hob der Alte noch einmal mit ungewöhnlich strengem Ton an.

„Wir Männer müssen wieder lernen, richtig zu leben, und das heißt zu feiern und zu trauern. Der Eros liegt in der Natur und kommt nicht nur beim Vögeln hervor, Männer!
Männer müssen in die Asche hinein.
Männer müssen erst lernen, Tränen zu vergießen
in Gegenwart anderer Männer und
so die Wunden heilen, die sie erlitten.
Danach können sie erst die Fähigkeit erlangen
zu weinen und so die Wunden heilen,
die sie verursacht haben.
Mit Trauern meine ich sich in Freundschaft zu öffnen und über Versäumtes im Leben nachzudenken. Wir leben in einer Hightech- Informations- und Computergesellschaft, und wir tauschen uns trotzdem zu wenig aus!“

Herrmann wollte schon zu bedenken geben, dass Henry selbst oft schwieg, pfiff sich aber zurück.
„Und noch etwas, Männer!
Wir müssen unser inneres Feuer schüren, aber auch die Asche betrachten, die diese Feuer hervorbringt.
Wenn heranwachsenden Männern die kraftvolle Gelegenheit genommen wird, auch ihre Schattenseiten kennen zu lernen, werden sie als erwachsene Männer dazu neigen, Gewalt auszuüben, in der Hoffnung, auf diesem Weg Ekstase zu finden."

Der junge Heinrich starrte fasziniert zum alten Henry. Der hatte für ihn wirklich was „auf der Pfanne", trotz seiner löchrigen Jeans.

Horst, der Kapitän des Wissens, hatte da eine eher kritische Haltung. Er versuchte die Ausführungen Henrys zu verstehen und glich sie mit verschiedenen entwicklungspsychologischen Theorien ab.
Tangoholger genoss die Atmosphäre, einfach so unter Männern zu sein. Er verhinderte durch diese Leichtigkeit, dass sie jetzt tief schürfend darüber diskutierten, was der alte Henry von sich gegeben hatte; stattdessen forderte er Heinrich auf, mit seinen Erlebnissen in den Ring zu steigen. Er deutete auf das Rentiergeweih und fragte, ob er es mal haben dürfe.
Vorsichtig nahm er es und hielt es über seinen Kopf und tönte mit gespielt heiserer Stimme.
„Na, du Hirsch!"
Die Männer lachten.

Heinrich war so sehr von Henry fasziniert, was bedeutete, jetzt nicht so viel erzählen zu wollen. Die anderen bedrängten ihn ein wenig.

„Ich habe auch ein wenig nachgedacht und in die Gegend geschaut“, begann er und stockte, weil er den gleichen Anfang wie Henry gewählt hatte.
Herrmann fiel sofort das Wort „Zauberlehrling“ ein, wie damals im ersten Männerseminar.

„Na, mach schon“ , ermunterte Horst den 30-Ender, den jüngsten der Männer und markierte nun selbst den Platzhirsch mit dem Rentiergeweih.
„Ich kann nicht beides auf einmal machen!
Ich muss es langsam Schritt für Schritt hintereinander erledigen“, begann Heinrich.

„Ich beende erst meine Ausbildung als Krankengymnast. Ich habe es bei einem Raubvogel beobachtet. Er landete in meiner Nähe. Dann flog er über den See. Kam wieder zurück. Dann stieg er höher und beobachtete wieder. Urplötzlich ließ er sich nach unten fallen, stürzte sich ins Wasser und schnappte zu.“
Blitzschnell nahm der Zauberlehrling Krabbenhorst das Rentiergeweih aus der Hand und legte es vor sich.
„Das Geweih hat aber viele Enden“, flachste der Kapitän des Wissens. „Hast du dich wirklich für eine Sache entschieden?“
Heinrich bekam einen roten Kopf, ein wenig aus Scham, ein wenig aus versteckter Wut, und piekste Horst mit einer ausladenden Spitze des Geweihs.

„Ich glaube schon. Natürlich gibt es dabei ein lachendes und ein weinendes Auge!“ Und schon hielt er ihm das doppelgesichtige Stück Holz vor die Nase.

Horst wich zurück und schmunzelte, als er sich die Maske näher anschaute.

„Ein Eichhörnchen, das behände in den Bäumen herumtollte und durch die Luft hopste wie ein Ball und doch immer wieder sicher auf einem Ast landete und der Vogel erinnerten mich daran, dass ich springen muss: zielen und mich reinstürzen.

Der Vogel erinnerte mich an die Verabredung in der Bummelbahn, mit einem Hechtsprung ins Wasser zu springen“, schob er hinterher, um wirklich keinen Zweifel mehr daran zu lassen, dass er etwas kapiert hatte und sein Vorhaben auch umsetzen wollte.

Das Feuer schüren

In ihrem kleinen Kreis versuchten die Männer ihr inneres Feuer zu schüren, um sich wieder ihren Herzenswünschen und Träumen zu nähern.
Wer, außer sie selbst, hinderte sie daran, ihre Lebenslust, ihre Talente und Begabungen, ihren männlichen Genius zu entwickeln?
Jeder Mann versuchte hier mit Unterstützung des anderen seine eigene und ihm gemäße innere Wahrheit zu erkennen - trotz mancher Ungereimtheiten.

Sie gingen schlafen.

Nach dem Frühstück am nächsten Morgen war Herrmann dran.
Sie blieben draußen am Feuer sitzen. Die Moskitoschwärme waren wieder verschwunden.

„Ich habe auch etwas mitgebracht."
Herrmann kramte absichtlich umständlich in seinem Rucksack herum, um die Spannung zu erhöhen. Und schwupp, hielt er sich obszön die Elchwurst vor seine Lenden.
„Bei mir ging es ja um Sinnlichkeit und ums Genießen."
Die anderen brüllten vor Lachen.
„Ich habe meine Vision gefunden."
Dann schnitt er eine Scheibe ab.
„Ihr sollt alle was von meiner Sinnlichkeit abhaben."
„Das ist wahre Initiation", kam es von Henry.
Wieder wieherte die Runde.
„Echte Beschneidung", kam es von Holger.
„Wo hast Du die denn her?", von Horst.
„Gefunden", log Herrmann für alle ganz offensichtlich.

„Probiert doch erst mal, schmeckt hervorragend!"
Er säbelte weitere Scheiben herunter.
Die Männer probierten und stellten sofort fest, dass das Mahl für einen Mitteleuropäer gewöhnungsbedürftig war.
„Kann man das wirklich essen?", fragte der Zauberlehrling.
„Das ist Elchwurst. Habe ich vom Elchjäger, den wir letztes Jahr ja auch getroffen haben, geschenkt bekommen!"
Sie schmeckte nach Kartoffel, Sülze und Pflaumenkompott. Sogar mit ein wenig Brot war sie kaum zu genießen.
„Ich dachte, du wolltest fasten", schaltete sich fragend Holger ein.
„Ja , hab ich auch. Aber stellt euch vor, ich wusste ja noch nicht, wie die schmeckt und mein Thema war Genießen. Und die Wurst lachte mich vier Tage und vier Nächte an. Es war furchtbar."
„Wo bist Du denn dem Elchjäger begegnet?", fragte Horst.
„Ich bin am ersten Tag, als ich noch Kraft hatte, zu ihm gefahren. Ich wollte mal schauen, wie es ihm geht."

Von der Blondine erzählte er nichts. Dann lenkte er mit der Erzählung seines Traums weiter ab: Wie er sich verlaufen hatte in einem kanadischen Sumpf, plauderte von dem Stein und dem Nicht-Wiedererkennen der Birke, um sie dann doch wieder zu erkennen.
„Versteht ihr? Ich habe die Stelle nicht wiedererkannt. Ich konnte mir einfach nicht vorstellen, dass ich an der gleichen Stelle gelandet war. Und weil ich es mir logisch nicht vorstellen konnte, habe ich es nicht wahrgenommen. Das ist doch irre! Wenn etwas logisch nicht sein kann, nehmen wir es einfach nicht als wahr an. Überlegt mal, was das bedeutet. Das heißt, dass etwas nicht sein kann, was nicht sein darf. Deshalb sind wir ja richtig blind für Veränderungen, wenn wir in einer falschen Logik fest hängen."

„Wie wahr! Jetzt wirst du aber philosophisch, Herrmann“, kam von Wissenschaftshorst.
Und am Unterton hörte Herrmann heraus, dass er sich in das Jagdrevier von ihm gewagt hatte.
„Aber interessant ist der Traum schon“, entgegnete Herrmann Hechtjäger und fuhr eher für sich selbst als für die anderen Zuhörer fort:
„Ich nehme etwas nicht als wirklich wahr, wenn ich es nicht logisch finde. Ich laufe im Kreis, bin an einer Stelle an dem ursprünglichen Felsen angekommen, an einer Stelle, die von meinem Raum- und Zeitgefühl her gar nicht die Stelle sein konnte, und dann erkenne ich den Felsen nicht mehr! Auf jeden Fall dauerte es eine ganze Weile, bis ich ihn erkannte“, sinnierte Herrmann der Denker weiter.
„Und dann habe ich noch etwas gefunden.“ Herrmann zeigte das rostige Messer, den angeschmorten Gummistiefel und den halb vollen Ölkanister.
„Versteht ihr, ich suche in der Einsamkeit der unberührten Wildnis den verlorenen Teil meiner Männerseele. Und was finde ich? Ein rostiges Messer, einen angeschmorten Gummistiefel und einen halb vollen Ölkanister.“
„Aber Deine Seele ist ja noch halbvoll“, witzelte Holger und hob den Kanister in die Höhe.
„Da kommst du noch weit mit.“
„Und ein bisschen rostig und angeschmort.“
Der Zauberlehrling grinste und zeigte auf die Gummistiefel und das Messer.

Herrmann rammte es lachend in einen Baumstumpf.

Voodoo-Zauber im Wald

In den nächsten Tagen blickte Herrmann häufig sehnsüchtig Richtung Sumpf. Für ihn war die Sache mit dem Hecht noch immer nicht erledigt.
Er verschwand immer wieder mit der Angel von Krabbenhorst und dessen selbst gebasteltem Kescher.

Immer fahriger und erschöpfter kam er zurück.
Die anderen konnten ihn von seinem Leiden auch nicht heilen.
Die Tage flossen dahin.
Abends wurde es grauer und nachts schon ein wenig dunkel. Das Feuer leuchtete dafür umso heller.
Alles hatte seine zwei Seiten.
Der Wind hatte auf Südost gedreht. Das übliche Russlandhoch zeigte seine Wirkung. Es wurde tagsüber deutlich wärmer.
Herrmann bemerkte als Erster ein gelbliches Birkenblatt.
Die vorangegangene Nässe und die aufkommende Hitze des Tages mit den kalten Nächten zeigten ihre Wirkung.
Alles hatte zwei Seiten.
Henry intensivierte wieder seine Form der Aschearbeit, kokelte und stocherte darin herum.
Hatte er wieder Sorgen?

Die Zeit verging immer schneller.
Plötzlich mussten sie in vier Tagen beim Elchjäger sein.
Der Kanumensch würde sie mit dem Landrover dort abholen.

Herrmann verschwand noch gehetzter zum Hechtangeln.
Er zeigte für nichts anderes mehr Interesse.

Das Genießen war für ihn in weiter Ferne.
Erschöpft, müde, mit leeren Augen und leerem Kescher kam er zurück, ein kraftloser Krieger.
Die Kraft des Ostens im Medizinrad der Indianer hatte er noch nicht errungen.

Wenn der Kescher ausnahmsweise mal nicht von Herrmann in Beschlag genommen wurde, schnitzte Horst unermüdlich kunstvolle Verzierungen in die Astgabel, die den Griff des Keschers bildeten.
Es waren die gleichen Ringe wie im Narrenzepter aus dem Bummelzug auf der Hinfahrt.
„Na, Herrmann, hast Du aufgegeben? Kein Hecht mehr?“, fragte Krabbenhorst Herrmann
„Ihr habt ja auch nichts gefangen. Bei der Küchenarbeit bist du dafür ziemlich chaotisch, hat mir Holger erzählt.“, gab Herrmann als Retourkutsche zurück, denn das stimmte wirklich. Zwar konnte sich Horst in Ruhe auf eine Sache konzentrieren, zum Beispiel Teller abwaschen, verlor aber den Blick für das Ganze. Rechtfertigte sich dann damit, dass er nur eines zu einer Zeit tun könne, was aber nicht stimmte, da er sich gleichzeitig mit dem alten Bettelmönch Henry unterhielt.
Herrmann zog das rostige Messer aus dem Baumstumpf und setzte sich neben Horst, schnappte sich einen Stein und begann den Rost mit einem Stein abzuwetzen.
„Ich habe einen Stahlputzlappen; mit dem geht es besser“, kam es freundlich von Holger aus der Küche.
„Wird das dein Fischmesser? Schon schade, dass du ihn nicht gekriegt hast, was?“
Herrmann spielte mit seiner Schmolllippe und presste dann den Mund zusammen:
„Na ja! Mal sehen.“

Das Messer fing an einer kleinen Stelle an, silbern zu schimmern und zu glänzen. Horst und der Hechtjäger hantierten nebeneinander mit ihren Messern herum. Nun gesellte sich Holger mit seinem Gemüsemesser auch noch dazu.
Mit einem Bleistift, den er aus seiner Jackentasche zog, begann Herrmann einen Fisch auf das hölzerne Küchenbrett von Holger zu zeichnen.
Die Skizze zeigte erst einen Hai, dann wurde dieser hechtähnlicher mit dem typisch entenschnabelförmigen Maul des Hechtes.
Der Koch und Tänzer sagte leise vor sich hin:
„Oh Mann!“
Dann legte Herrmann das Brett vor sich hin und stach das alte Messer mit aller Wucht in den Fisch.
„Du spinnst“, schrie Holger, doch dann malte er seelenruhig ein Herzchen um die Spitze der Messerklinge und schob dem gezeichneten Hecht ein Stück Marzipan ins Maul.
„Das arme Tier!“
„Wo hast du das Marzipan denn her?“, schaltete sich Zauberlehrling Heinrich dazu.
„Von Horst!“, betonte Tangoholger und verlängerte das O und A in typischem Hamburger Slang besonders lang, so dass es wie Hoaaast klang.
„Dann will ich auch eins!“, und schon hatte Horst die Spitze des Rentiergeweihendes auf der Brust.
Herrmann strahlte vor Freude.
„Los, mach schon, sonst bring ich dich um!“, setzte der junge Heinrich nach. Herrmann kippte vor Lachen rücklings vom Baumstamm.
Der Zauberlehrling spielte ausgezeichnet Theater.
„Du holst es mir!“, befahl dieser nun plötzlich Herrmann, der jetzt wirklich überrascht war.

„Klar, Meister der Erkenntnis!", stieg Herrmann in das Spiel ein. „Darf ich mir dann auch ein Stückchen davon nehmen?"
„Mal sehen!", antwortete Heinrich gönnerhaft.

„Los, beeil dich!"

„Stop!"
kam jetzt fast ernst von Horst.
„Ich hol das lieber selbst!"
Sie kugelten sich vor Lachen auf dem Waldboden herum. Außer Krabbenhorst, der ruhig zu seinem Zelt marschierte.

Der Reißverschluss von Henrys Zelt ratschte langsam. Zuerst erschien sein Krückstock. Dann der große Hintern.
Henry krabbelte wie immer rückwärts aus dem Zelt.
Er war immerhin schon 75 Jahre alt.
„Henry, möchtest du auch Marzipan? Horst schenkt uns sein Marzipan!" spielte Herrmann weiter.
„No!" sagte Henry schnell. Er wolle kein Marzipan. Er liebe nur Buttercreme. Dies war eine der wenigen amerikanischen Gewohnheiten, die sich der Bettelmönch bewahrt hatte.
Horst kam mit dem in Zellophan verpackten Marzipan.
„Du bist jetzt mein bester Freund", setzte Heinrich das Spiel fort.
Und Holger im parodierenden, tuntigen Unterton: „Meiner aber auch!"
„Horst, ich mag dich auch! Kann ich noch ein Stück haben?", säuselte Herrmann extrem schwülstig.
„Nein, du hast genug", kam es von Heinrich!
Henry kicherte heiser.
Dann servierte Holger den dazu gehörigen Cowboykaffee.

Sie holten ihre Rahmentrommeln, Rasseln und Klanghölzer aus den Zelten.
Henry fing an, mit seiner Krücke um das lichterloh brennende Feuer zu marschieren.
Heinrich hämmerte auf einen Baumstamm und Holger betrommelte elegant Bäume, Töpfe, Pfannen und Deckel im Stakkatorhythmus. Horst tat frisch, fromm, frei und unrhythmisch mit. Heinrich markierte mit Herrmanns großem Dufthut den Dirigenten. Sie juchzten und sangen, brummten und tönten jeder nach seiner Art. Es klang merkwürdig und doch voller Harmonie.

Nun saßen sie in der großen Lappenkote und wussten nicht mehr, ob es heute, gestern oder übermorgen war, ob Morgendämmerung oder Abendwind. Sie sangen:
„I am the weaver, I am the woven one, I am the dreamer, I am the dream". Krabbenhorst übersetzte es noch einmal, als ob sie nicht schon längst wussten, was der englische Text bedeutete.
„Ich bin in der Weber, ich bin der Gewobene, ich
bin der Träumer, ich bin der Traum."

Irgendwann verließ Herrmann das Zelt und brachte kurze Zeit später das Küchenbrett mit dem aufgemalten Hecht und dem darin steckenden Messer mit.
Er legte beides in die Mitte der Lappenkote.
Der Gesang wurde monotoner.

Herrmann begann sich in einem Kriechtanz um das Küchenbrett herumzubewegen. Er sah dabei aus wie ein watschelnder Enterich. Der Hockgang bereitete ihm sichtlich Mühe. Er zog das Messer heraus und hielt es

in seiner durch die Bewegung mitschwingenden rechten Hand. Immer und immer wieder umkreiste er das banal wirkende Holzbrett mit der einfachen Zeichnung.
Die anderen hielten Abstand. Urplötzlich stieß er das Messer mit aller Wucht und einem lauten Schrei in das Herz des Hechtes. Dann ließ er sich auf seinen Platz zurückfallen, gliederte sich in die Gruppe ein.
Nun war der alte Henry an der Reihe. Er humpelte gebückt und schwerfällig in Richtung Brett, zog das Messer heraus, umkreiste einige Male den haiähnlichen Hecht und stieß das Messer wieder hinein.
Es war mühevoll, in dem kleinen Zelt zu tanzen. Den Männern taten Rücken und Beine weh.

Alle Männer führten die gleichen rituellen Handlungen durch.
Heinrich hopste dabei absichtlich wie ein junger Ziegenbock und meckerte laut.
Alle lachten.
Dann sprangen sie wie auf ein Kommando aus der großen Lappenkote heraus und rissen sich die rauchigen Klamotten vom Leib.
Horst, Holger, Heinrich und Herrmann hechteten mit einem flachen Sprung ins Wasser.
Henry ließ sich langsam rückwärts hineingleiten. Sie prusteten, schrieen und tobten. Von weit hinten von den Bergen schallte es zurück. Langsam kühlten sie sich ab, kamen wieder an Land.
Schweigend standen sie um das neu entfachte Feuer herum.
Wärmten sich ihre Vorderseite und ihr Hinterteil.

Herrmann war in Gedanken wieder mit dem Hecht beschäftigt. Krabbenhorst flüsterte Herrmann zu:
„Wir kriegen ihn!“
Als ob er Gedanken lesen könne.
Herrmann sprach gedankenverloren, halblaut Worte, die er schon einmal ausgesprochen hatte :
„Aus der Hölle Haft Dein Haupt nun löse, gib mir Feuer der Flut, das rote Gold.“
Krabbenhorst flüsterte ihm noch mal ins Ohr :
„Feuer der Flut bedeutet auch Feuerwasser!“ Herrmann war irritiert. Das verstand er nicht. Noch nicht.

Abschied

Für Herrmann stand fest: Solange er keinen Hecht in dieser Wildnis gefangen hatte, wollte und konnte er auch keine jungen Männer in das Mann-Sein einweihen. Die Hechtjagd und der Hecht standen für ihn inzwischen stellvertretend für Nahrungserwerb, Jagdgeschick, Geduld, Beute an Land bringen, eine Arbeit vollenden und vieles mehr.
„Die Jagd ist erst vorbei, wenn euer Bauch und euer Herz voll sind", hatte der Indianer gesagt.
Noch nicht einmal jagen konnten sie hier.
So war Herrmann wieder auf der Suche, wieder ein Getriebener. Nur eben auf eine neue Art.

Wie sollte er auch jungen Männern Rat geben können, wenn er selbst immer noch nach den satt machenden Seelenfrüchten lechzte, um seine eigene Sehnsucht zu stillen?
Die Kritik des alten Henry war berechtigt, dachte er.
Schlafende Männer waren sie.

Zum Abschied rieb er sich am ganzen Körper mit der übrig gebliebenen, fein pulverisierten Asche des Lagerfeuers ein. Sie war noch warm.
Es brauchte noch Zeit, bis er wie der Feuervogel Phönix wieder aus der Asche emporsteigen sollte.

Tangoholger begann unvermutet von sich zu erzählen: "Ich werde es noch einmal mit Katarina versuchen. Und übrigens... den Job beim Bezirksamt finde ich gar nicht so schlecht."

Dann wollte er seine beiden Kristalle beim Zauberlehrling loswerden. Dieser lehnte aber dankend ab.
Tangoholger setzte fort:
„Ich habe viel von den Moskitos gelernt. Sie sind hoch motiviert, geduldig und konzentriert. Genau die drei Eigenschaften benötigen sie, um die richtige Einstichstelle in der Haut zu finden. Wenn sie diese gefunden haben, fließt ihnen das angezapfte „Manna“ in den Mund, ein nicht versiegender Strom, denn der Blutdruck des Opfers pumpt ihnen kostenlos die notwendige Nahrung entgegen, die die Weibchen zur Aufzucht der Brut brauchten.“

Herrmann dachte, dass Tangoholger sich wohl wünsche, dass sich seine Schwierigkeiten auch einfach lösen könnten. Vielleicht musste er, der Genießer und Sinnliche, der wie ein Kind des ewigen Sommers daherkam, aber auch endlich einmal eine kristallklare Verstandesentscheidung treffen. Eine Entscheidung, die etwas von der Schärfe, Kälte und Härte des Winters hatte.

Als Krabbenhorst den roten Samtbeutel holen wollte, den sie im Zug das erste Mal mit ihren magischen Objekten gefüllt hatten, kippte er aus Versehen einen guten Gemüseeintopf in die Glut und bewies damit seinen wachsenden Hang zum Chaos und zu einer merkwürdigen Form von Kreativität.
Jeder fischte sich nun sein Symbol aus dem roten Samt- und Seelenbeutel heraus, das er im Bummelzug hineingegeben hatte.
Sie legten die Dinge kreisförmig auf einen breiten alten Baumstumpf. Herrmann nahm Asche aus der Feuerstelle und träufelte Opiumöl darauf. Henry beförderte sie in

sein Jutesäckchen. Tangoholger gab seine Kristalle dazu, sogar das große Narrenzepter von Krabbenhorst passte hinein.
Am Ende kam der Zettel von Heinrich. Es stand eine Eins drauf.
Er hatte sich für eine Sache entschieden.
Das Jutesäckchen, mit einer Schnur zusammengebunden, verschwand im roten Tuch- ein Beutel im Beutel. Mit einem goldglänzenden Blinker versehen, hängten sie ihn an einen Ast. So baumelte er im Wind.

Das Medizinbündel versinnbildlicht bei den Naturstämmen die Seele der Gemeinschaft und spiegelt deren Zustand wider. Es ist auch Ausdruck der Bereitschaft, vom Eigenen etwas in die Gruppe hineinzugeben, wusste Herrmann. Auch wenn es nicht immer auf den ersten Blick „gesunde Medizin" war.

Aber alles hat seine zwei Seiten.

Hellgelbe Birkenblättchen auf dem See bestätigten, dass es auf August zuging. Abschied nehmend blickte Herrmann verträumt auf die kleine Halbinsel zurück.
Krabbenhorst versteckte den Kescher in einer Plastiktüte unter einem Haufen Tannenzweigen. Sie mussten die Halbinsel verlassen. Ihre Zeit war um.
Das Biotop hatte sich verändert seit den zwei Besuchen durch die Männer im letzten und in diesem Jahr.
Der Platz war heller geworden.
Kleine hellbraune Trampelpfade waren zwischen den Zelten entstanden. Da wo die Zelte gestanden hatten,

waren die wenigen Grashalme umgeknickt, der Boden blass. Die vorher überall herumliegenden Äste und dürren Zweigchen waren deutlich weniger geworden. Es war zum Schluss angenehmer, barfuß zu gehen. An der Uferböschung waren Trittspuren zu erkennen, an einigen Steinen im Wasser sah man winzige weiße Lackspuren. Schrammen, die die Kanus hinterlassen hatten.

Am Rand zur kleinen Bucht wimmelte es von kleinen Fischen, die gierig nach winzigen Speise- und Ölresten aus Tangoholgers gespülten Pfannen und Töpfen jagten. Der Ameisenhaufen unter der großen Kiefer war gewachsen. Die Ameisen hatten eine Reisstraße von der Küche dahin angelegt, die für sie so kostbar war wie die Seidenstraße in China. Ihnen war es recht, wenn die Männer wiederkommen würden.
So hinterließen die Ameisen und die Männer ihre Spuren. Die kleinen Verletzungen, die sie der Landschaft hinterlassen hatten, würden geheilt werden. Und durch die Speisereste, die im Wasser schwammen, würden sich die kleinen Barsche vermehrt ansiedeln, und mit ihnen blieb der Hecht, vermutete Herrmann.

Als sie in ihren voll gepackten Kanus losfuhren, hielten sie sich zunächst in Ufernähe, erst noch nebeneinander, dann hintereinander. Nach einer Weile bewegten sie sich auf die Mitte des Sees zu, immer Richtung Süden. In ihrem Rücken lagen die norwegischen Berge.
Auf Höhe des großen Kletterfelsens, an dem die engste Stelle des Sees war und an der sie ans andere Ufer traversierten, fischte Herrmann ein kleines Holzschild aus dem Wasser. Das Piktogramm eines Schneescooters war

eingraviert. Wahrscheinlich überquerten an dieser Stelle im Winter die Motorschlitten den See. Das wäre auch eine Erklärung für die Gummistiefel, den Ölkanister und das Messer.

Als sie beim Elchjäger ankamen, begrüßte er sie freundlich.
Er hatte sie mit seinem Fernglas schon eine ganze Weile beobachtet. Seine Frau, die Kinder und die Alten waren nicht zu sehen. Er fragte Herrmann, ob die Elchwurst denn geschmeckt hätte, und grinste ein wenig dabei. Herrmann bejahte seine Frage, setzte aber hinterher, dass es doch manchmal üblich sei, diese mit Rentierfleisch zu verfeinern.
Der Schwede gab „sometimes" zurück, was wohl so viel hieß wie mal so oder so, wie ich gerade Lust habe. Herrmann war dennoch erleichtert, ihm bedeutet zu haben, dass er inzwischen doch ein wenig Ahnung von den Gebräuchen des Landes hatte. Der Schwede fragte, auf welcher Seite des Sees sie sich hauptsächlich bewegt hätten. Herrmann versuchte ihn durch seine ungenauen Angaben ein wenig in die falsche Richtung zu führen und war dann noch zufriedener. Die Geschichte mit der Blondine hatte er den anderen immer noch nicht gebeichtet. Er bildete sich vorsorglich ein, dass man so etwas leicht vergessen konnte.

Der Landrover war angekommen und bald gepackt.
Über Schotterstraßen und Waldwege ging es zurück zur Kanustation, dann zum Busbahnhof und schließlich zum Zug.

Als sie nach einigen Stunden Fahrt auf der Kanustation das Gepäck abluden, hörten sie bellende Schüsse.
Die ersten städtischen Elchjäger waren aufgetaucht und übten auf der dörflichen Schießanlage. Anfang September begann die Jagdsaison. Der Campingplatz würde in einer Woche geschlossen werden. Die Sommersaison war zu Ende.

Sie duschten sich in der Kanustation und wechselten ihre rauchigen Klamotten. Herrmann rasierte sich und war über sein Gesicht erstaunt, das er sechs Wochen lang nicht gesehen hatte.
In drei Stunden ging es mit dem Überlandbus zur Bahnstation.

Dann saßen sie im Bummelzug, der freundlicherweise auf den verspäteten Bus gewartet hatte.

„Von den Moskitos kannst du wirklich viel lernen", dozierte Krabbenhorst, der Kapitän des Wissens, in alter wissenschaftlicher Manier, und Tangoholger pflichtete ihm bei. Beide mussten tatsächlich Übles mit den Plagegeistern erlebt haben.
Der alte Bettelmönch Henry schnippelte an seiner ersten Collage nach der Rückkehr in die Zivilisation.
Auf dem einen Bild schob ein grinsender Radfahrer sein altes Fahrrad mit einem Platten. Auf dem anderen Foto lag ein zerbeultes Auto im Straßengraben. Wahrscheinlich suchte Henry in dem illustrierten Fahrplan nach einer schönen Frau.
Herrmann trank Kaffee. Der schreckliche Chemiekakao hatte in seinem Gedächtnis seine Spuren hinterlassen.

Der Zauberlehrling wollte noch mehr über die Moskitos wissen. Ihn hatten sie ja auch geplagt.

„Sie haben bestimmte Zeiten, zu denen sie besonders aktiv sind, und obwohl sie so winzig sind, haben sie auch eine innere Uhr. Parfüm und Waschmittelgeruch in der Kleidung finden sie besonders verlockend, und halbschattige Plätze ziehen sie besonders an!"

„Und welche Hosen hattet ihr an dem Abend an, als ihr so zerstochen wurdet?" fragte jetzt Herrmann hinterlistig.

Krabbenhorst winkte ab. Der Tangotänzer sprang ihm zur Seite.

„Das waren Schwärme, das könnt ihr euch nicht vorstellen. Wir hatten schon überlegt, ob wir mit den Kanus raus auf den See fahren sollten. Außerdem fing es an zu regnen. Die Zelte standen offen, und die Kleider lagen überall herum. Wir konnten uns nur noch in den Rauch stellen, aber das ist natürlich auch nicht so angenehm."

„Warum habt ihr euch nicht eingesprüht?" fragte Herrmann.

„Ich mag dieses Kunstzeug nicht", entgegnete Tangoholger.

„Das ist Zedern-Kümmel-Öl, das ist nicht synthetisch!" belehrte ihn Herrmann und reichte ihm sein Fläschchen.

„Nein, mir stinkt das zu stark, da kriege ich lieber eine natürliche Rauchvergiftung!" wehrte der Tänzer vehement das Angebot des Hechtjägers ab.

Die anderen in der Runde grinsten.

„Man sollte euch den Goldenen Moskito verleihen wie den Filmhelden den Bambi!" setzte Herrmann das Spiel fort.

„Der mit dem Hecht tanzt! könnte der Filmtitel lauten, und du wärst der Hauptdarsteller“, frotzelte Heinrich Richtung Herrmann.

„Aber die Moskitos sind wirklich gute Lehrer für uns!“ brachte Horst ruhig und freundlich ein.
„Wann ist ihre Zeit, wann ist meine Zeit?
Wo ist mein Platz, wo ist ihr Platz?
Gibt es in der Nähe eines Stechmückenschwarmes vielleicht einen Platz mit weniger Mücken?
Wie flexibel bin ich überhaupt, meinen Platz und meinen Standpunkt zu wechseln?
Komme ich dadurch an einen Platz, den ich mir selbst gar nicht ausgesucht hätte?
Wie sieht dieser Platz aus?
An welche Situation meines Lebens erinnert mich das nervige Summen der Moskitos?
Welche Einstellung brauche ich, um die Störung in der Wildnis zu akzeptieren?
Welche Einstellung brauche ich im Alltag, wenn etwas nicht so läuft wie geplant?
Was sind die typischen Moskitosituationen in meinem Berufsleben?
Wann werde ich ungeduldig?
Wann ärgert mich die Fliege, also der Moskito an der Wand?
Wann werde ich wütend?
Wann platze ich vor Wut?
Kann ich den Zorn fallen lassen, wenn der Anlass vorbei ist?“
Herrmann lauschte und konnte nicht fassen, was sich der Kapitän des Wissens alles merken konnte.

Sie konnten wirklich einiges durch die Begegnung mit den Moskitos lernen. Ihr Summen setzte im klassischen griechischen Theater immer ein, wenn der Held auf eine besondere Probe gestellt wurde. Der Chor gab damit symbolisch ein Zeichen für das Wahnsinnig-Werden des Helden oder dafür, dass dieser die Orientierung verlor.

Die Lichter der Vorstädte Stockholms mit ihren beleuchteten Wohnsilos tauchten auf. Bald mussten sie in den Nachtzug nach Kopenhagen umsteigen.
Vom schmalen Mittelgang des Abteilwagens griffen die ersten Mitreisenden nach oben ins Gepäcknetz. Ein paar Vorsichtige platzierten ihren Koffer oder Rucksack am Ausgang.
Herrmann war durch die Unruhe aufgewacht. Erst jetzt fiel ihm ein, dass er den Ölkanister und die angekokelten Gummistiefel in der Nähe seines Zeltplatzes hatte liegen lassen.

Sie kamen Stockholm immer näher.
Heinrich bat Herrmann, seine braune Umhängetasche mitzunehmen, die vorne an der Ausgangstür neben seinem Rucksack lag, da er sich wie abgemacht um die Lappenkote kümmern wolle. Außerdem würde er Gepäckkarren besorgen, damit sie es leichter beim Transport vom einen zum anderen Gleis hatten.

Der Zug hatte Verspätung. Sie mussten sich konzentrieren. Der Nachtzug nach Kopenhagen fuhr in fünfzehn Minuten. Im Stockholmer Hauptbahnhof konnte man dum-

merweise nur mit einem Fahrstuhl die Gleise wechseln, wenn man von einem Regionalzug in einen internationalen Zug umstieg. Sie hatten schon letztes Jahr registrieren müssen, dass der großstädtische Rhythmus von Stockholm schnell war und dadurch zum Chaotisch-Werden verleitete.
Sie kamen aus einem anderen Land. Aus der Stille der Waldwildnis vom äußeren Rand Europas ins Zentrum der Zivilisation.
Der Zug hielt.
Heinrich der Zauberlehrling rannte schnell zu den Gepäckwagen. Herrmann hatte ihm gerade noch ein paar Zehnkronenstücke in die Hand gedrückt.
Als sie ihr sperriges Gepäck ausgeladen hatten, kam Heinrich nicht. Sie warteten und warteten. Krabbenhorst fing an, einen Teil des Gepäcks zum Aufzug zu schleppen und bat Tangoholger, beim alten Gleis das Gepäck zu bewachen. Herrmann machte sich auch auf den Weg zum Fahrstuhl. Henry suchte Heinrich.

Plötzlich waren sie auseinander gerissen.
Herrmann sah weit hinten den Zauberlehrling, der verzweifelt an den Gepäckwagen ruckelte. Er hatte wohl vergessen, dass die Mechanik genau anders herum als in Deutschland funktionierte.
Der Hechtjäger raste zu Heinrich und half ihm, zwei Karren loszueisen.
Inzwischen war Tangoholger auch schon zum Nachtzug unterwegs.
Henry humpelte hinterher und schleifte seinen Rucksack wie üblich über den dreckigen Boden.
Als sie endlich im Liegewagen standen und das Gepäck kontrollierten, fehlte Heinrichs braune Tasche.

Er hatte seinen schönen Norwegerpullover darin eingepackt.
Hermann war sauer:
Das gleiche Durcheinander wie letztes Jahr.

Der Nachtzug fuhr los.

Krabbenhorst sprang im letzten Moment noch auf. Er hatte bis zuletzt nach der Tasche gesucht. Gott sei Dank hatte die Reservierung geklappt.
Vier der fünf waren mit zwei Japanern in einem Abteil. Henry schlief nebenan. Man hörte ihn zwar dann noch schnarchen, aber so leise, dass sie schlafen könnten.
Im kleinen Sechserabteil begegneten ihnen wieder die grässlichen blauen Wassertüten. Immerhin konnte man sich mit dem Wasser die Zähne putzen.

Die Schlafwagenschaffnerin fragte, ob sie nach Kopenhagen fahren würden, und Herrmann ahnte sofort, was auf sie zukam. Die letzten Gleiskilometer zwischen Malmö und Kopenhagen waren noch nicht repariert, die neue Eisenbahnbrücke zwischen Schweden und Dänemark immer noch nicht fertig gebaut. Also mussten sie morgen früh um halb vier in einen Bus umsteigen und in ihm die restliche Strecke zum Hauptbahnhof in der dänischen Hauptstadt zurücklegen. Und das mit dem ganzen Gepäck.
Sie baten darum, um drei geweckt zu werden. Das wäre nicht nötig gewesen, da fast alle vierhundert Reisenden aufstehen mussten.

Der blaugraue Vorhang des Abteilfensters flatterte immer heftiger.
Es war deutlich wärmer als in Nordschweden.

Der Zug schlich sich in die dunkle Nacht hinein. Begleitet von den metallisch harten Schlägen der Räder auf die Schweißnaht der Gleise.

Total übermüdet und schlecht gelaunt standen sie vor dem Bahnhof in Malmö und warteten auf den Bus. Es war vier Uhr dreißig, doch der Bus war immer noch nicht da. Sie saßen auf ihren Gepäckstücken, einige schliefen sogar halb angelehnt darauf. Bei einem alten Mann schaute das Schlafanzughemd aus der Hose. Die Fahrgäste sahen blass aus.
Einige junge Typen schienen von einer Party zu kommen. Ein gepiercter Mann tippte ab und zu mit seinem Basketball auf das Pflaster. Der Geruch von Marihuana umwehte Herrmanns empfindliche Nase.
Es kamen zu wenig Busse. Dennoch drängten sich alle 400 Personen samt Gepäck hinein. Ein Teil des Gepäcks der Männer war im Bus 403, der andere Teil im Bus Nummer 516, in dem sie saßen.
Hoffentlich landeten sie nicht am Zentralfriedhof.
Gegen 7:30 Uhr saßen sie dann endlich im Eurocity Kopenhagen-Hamburg.
Die Tasche mit Herrmanns alter Hirschfelltrommel fehlte. Sie war einfach nicht mehr auffindbar, wahrscheinlich geklaut.
Herrmann war vergrätzt.
Um 13 Uhr sollten sie in Hamburg ankommen.
Auf der Fähre von Korsör nach Nyberg über den kleinen Belt setzten sie sich nochmals an Deck zusammen.
Es war hochsommerlich warm. Sie blickten zurück Richtung Norden.

Heinrich berichtete erst jetzt, dass er einen Bären gesehen hatte. Es stellte sich aber heraus, dass der Bär Hosen anhatte und Henry gewesen war. Der Zauberlehrling hatte eine kleine Geschichte gezaubert und sie reingelegt.

Henry ließ sich noch einmal erklären, wie man mit teerhaltiger Birkenrinde Feuer machen könne. Er hatte doch nachts, oben auf dem Hügel beim Gedichte-Übersetzen gefroren.

Pünktlich waren sie in Hamburg.
Sie umarmten sich herzlich und verabredeten, demnächst zu telefonieren. Sie waren ja „nicht aus der Welt“.
Heinrich stieg Richtung Kiel um.
Krabbenhorst und Tangoholger marschierten zur U-Bahn.
Henry humpelte davon. Er wollte sich noch ein wenig Hamburg anschauen, bis er mit dem billigeren Interregio gemütlich nach Rosenheim fuhr. Eine Gang von sieben jungen, betrunkenen und bekifften Männern begleitete den Alten mit halb offenem Mund.
Herrmann wartete am überfüllten Hamburger Bahnsteig 14 a auf den Intercity nach Bremen.

Hechtzeiten

Mit Beginn des Herbstes zogen sich die kleinen Fische aus der flachen Sumpfbucht beim verlassenen Basislager in tiefere Regionen des Sees zurück.
Ihnen folgte der Hecht, der nun Mühe hatte, seinen Hunger zu stillen.
Wenn es noch kälter wurde oder ab dem September einsetzenden Frost, waren die Futterfische ganz verschwunden. Da sich aber sein Stoffwechsel verlangsamte, wurde auch sein Nahrungsbedürfnis gleichzeitig geringer. Er kam nur mittags für ein oder zwei Stunden aus seinem Versteck. Im Winter musste er aufpassen, dass er nicht in die Falle eines Eislochfischers geriet, der mit seinem Schneescooter in die Gegend gekommen war.
Außer ihm gab es noch den Fischotter als Feind.
Herrmanns Blinker behinderte ihn beim Fressen.

Als der Frühling kam, erfasste den Hecht wieder die große Unruhe, die sich in scheinbar ziellosem Umherziehen bemerkbar machte, aber auch in zunehmender Gleichgültigkeit gegenüber Gefahren, auf die er sonst rasch reagierte. Der Hecht zog zur Laichablage ins flachere Wasser. Die Laichablage fiel je nach Witterung in die Monate April oder Mai. Die Männchen hatten sich zuvor oft tödliche Kämpfe um die Weibchen geliefert. Der Paarungsakt wurde durch das Männchen eingeleitet. Es stieß mit dem Kopf gegen die vordere Körperhälfte des Weibchens. Verbunden wurde dieses Spiel mit heftigem Schlagen der Brust- und Bauchflossen und langsamen Vorbeischwimmen am Körper des Weibchens.

Dieses zeigte seine Bereitschaft durch intensive Flossenbewegungen an. Auf dem Höhepunkt des Paarungsaktes stieß sich das Männchen, auch Milchner genannt, durch einen Schlag mit der Schwanzflosse vom Weibchen ab und drückte die Milch in einer sich schnell ausbreitenden Wolke in das Wasser. Dann gab das Weibchen seinen Rogen ab. Jeweils 50 bis 60 Eier.
Es dauerte weitere vier Wochen, bis sich die Fischlarven durch heftige Bewegungen aus der Eihülle befreiten. Zunächst sanken die eher einer Kaulquappe als einem Fisch gleichenden, winzigen Geschöpfe auf den Gewässergrund, um sich von den Strapazen der Geburt zu erholen. Nach dem zehnten Tag begann die mühsame Arbeit der Füllung der Schwimmblase. Nach mehrfachen Versuchen wurde an der Wasseroberfläche eine Luftblase aufgenommen und in die Schwimmblase gepresst. Nach weiteren zwei Wochen zeichnete sich die endgültige Hechtform ab.

In der Bucht beim Basislager im eiskalten See im Norden hatte sich in den letzten Wochen also einiges getan.
Die Brut nahm die Gewohnheiten eines erwachsenen Hechtes an. Sie stand ruhig nahe der Oberfläche zwischen den Wasserpflanzen der Uferzone und lauerte auf Beute.
Weiter hinten lauerte der alte Hecht. Er war abgemagert.

II. Teil

Erneuter Aufbruch

Herrmann hievte sich seinen neuen grünen, kompakten Tragerucksack, den er zu einem eleganten Rollkoffer umfunktionieren konnte, auf die Schultern. Die Empfehlung, sich ein derartiges Gerät zu besorgen, war von Tangoholger aus Hamburg gekommen. In den großen war ein kleiner Tagesrucksack integriert, den man per Reißverschluss davon ablösen konnte. Man hatte dann wie von Zauberhand einen weiteren Rucksack zur Verfügung. Dann hängte sich der Hechtjäger den voll gepackten, wasserdichten Kanusack über die rechte Schulter.

Die neue schamanische Rahmentrommel hielt er gut verpackt in der linken Hand. Die großen schweren Gummistiefel hatte er bereits angezogen, denn sie bedeuteten weniger Gewicht auf dem Rücken.

Mit seinem braunen breitkrempigen Lederhut und seiner fein säuberlich zusammengesteckten und gut verstauten Spezialangel, die er Weihnachten von den anderen vier Freunden geschenkt bekommen hatte, stapfte er die Treppen hinunter. Die empfindliche Spitze der Angel war zum Schutz von einer harten Plastikhülle umgeben und ragte nur wenig über den Rucksack hinaus. Ab und zu berührte sie leicht die Krempe seines großen Hutes.

Draußen regnete es.

Herrmann liebte diesen ersten Übergang aus der wohl behüteten Wohnung hinaus in die Welt. Sein Immunsystem mobilisierte sich und funkte seinen Gehirnzellen, dass sich sein Körper gegenüber Wetter, Wind, Sonne und Sturmregen wappnen musste. Herrmann wurde so wach wie ein Bär, der seinen Winterschlaf hinter sich hatte, obwohl es bereits Juni war.

Durch den Hut war sein Haarausfall nicht so zu erkennen, und auch seine abstehenden Ohren waren gut verkleidet. Er sah so um zehn Jahre jünger aus. Sein Gang veränderte sich durch die Gummistiefel und das schwere Gepäck.

Herrmann fühlte sich herausgefordert. Jeder Platz, jeder Ort erfordert eine entsprechende innere Haltung und die passende äußere Kleidung, dachte er bei sich.

Wie er so losstapfte, sah er aus wie ein kräftiger, gedrungener Fußballverteidiger mit dem Gesicht eines Aquarellmalers.

Hatte er auch nichts vergessen?

Das Moskitonetz hatte er. Das war sehr wichtig. Tangoholger und Krabbenhorst hatte es letztes Jahr ziemlich erwischt.

Den neuen teueren Fischkescher, in einem speziellen Anglergeschäft zusammen mit den goldglänzenden und roten Blinkern gekauft, hatte er auch.

Im Nachhinein ärgerte er sich über den Verkäufer, der ihm eine dünnere Angelschnur aufschwatzen wollte.

Wahrscheinlich hatte der keine Ahnung vom Hechtfang.

Vor zwei Stunden hatte er mit Krabbenhorst, Heinrich dem Zauberlehrling und Tangoholger telefoniert. Der Eurocity nach Malmö über Puttgarden und Kopenhagen sollte um 17:30 Uhr auf Gleis 7 ab Hamburg Hauptbahnhof losfahren.

Eine Woche vor der Abreise hatte Herrmann allerdings die Gruppenreise wieder einmal umbuchen müssen, weil die schwedische Staatsbahn zum Teil privatisiert war. Die Buchungssysteme in den Computern hingegen waren noch nicht angepasst. Zusätzlich stellten die Skandinavier just zu diesem Zeitpunkt auf Sommerfahrplan um. Heute war der 21. Juni, der Tag der Mitternachtssonne.

Ein Tag, an dem sie im Norden ein wenig verrückt spielten. Die fünf hatten sich im Fast-Food-Restaurant auf der Südbrücke des Hamburger Hauptbahnhofs verabredet. Das Wetter in Deutschland war wie immer sehr unterschiedlich. Für Nordschweden waren erstaunliche 20 Grad vorausgesagt.

Als Herrmann im Speisewagen des Intercity Bremen-Hamburg saß, löste sich seine restliche Anspannung. Er bestellte sich Rührei mit Lachs.
Herrmann liebte diese Zugstunde zwischen Bremen, mit seinem fast holländischen Flair und Hamburg, das das große Tor nach Skandinavien war.

Die Tauben bewegten sich im Hamburger Hauptbahnhof kaum von der Stelle, als Herrmann aus Bremen an ihnen vorbeiging und sich samt seinem Gepäck einen Weg zum Fahrstuhl nach oben bahnte. Der graue Asphalt und die Metallstiege waren von den schmutzigen, abgehalfterten Vögeln weiß bekleckert und ziemlich verdreckt. Ihre Exkremente stanken säuerlich und verwest. Der herumlungernde Strichjunge mit seinen nach Seele hungernden Augen sah genauso zerfleddert aus wie die Tauben.

Vor dem neonbeleuchteten Schnellimbiss wartete Herrmann auf die anderen. Er stand am Geländer und schaute auf die vielen Gleisstränge. Dort drüben war Gleis 7. Sein Gepäck hatte er im Auge.
Die Mentoren der Wildnis kamen pünktlich.

Der alte Bettelmönch humpelte mit seinem locker gepackten Rucksack heran, den er wieder mehr schleifte, als dass er ihn trug. Seinen Schlafsack hielt er in der linken Hand zusammen mit der Krücke. Er war wie so oft barfuß in den Sandalen. Sein Zelt trug Krabbenhorst für ihn. Er trug immer ein zusätzliches Gepäckstück vom alten Henry auf den Umsteigebahnhöfen Richtung Norden. Nachdem sich Krabbenhorst liebevoll von seiner Frau und seinem fünfjährigen Sohn und seiner dreijährigen Tochter verabschiedet hatte, war er mit seinen großen wasserdichten Bergschuhen neben dem Alten einhergestapft und hatte sich angeregt mit ihm unterhalten. Der Zauberlehrling musste sich zu ihnen gesellt haben, noch bevor sie oben bei Herrmann waren. Tangoholger trudelte später ein.
Die Begrüßung war wie immer herzlich.

Eine Masse von Gepäckstücken lag jetzt seitlich neben der Ausgangstür des grellgelb beleuchteten Fast-Food-Restaurants.
Henry bestellte sich einen Hamburger, die anderen wollten auch einen, außer Tangoholger, der sich für Reis mit Hühnerfleisch entschied. Herrmann hatte für alle einen Tisch reserviert und einen schönen heißen Kaffee zur Begrüßung geordert, der schon auf dem Tisch stand, als sie sich setzten. Zauberlehrling Heinrich zierte sich etwas, weil er sonst keinen Kaffee trank und ihn auch nicht so gut vertrug, war dann aber doch bereit, das Begrüßungsritual mitzumachen.
Krabbenhorst meinte, dass der Kaffee etwas stark geröstet sei und er könne das beurteilen, weil er sich auskenne. Tangoholger fand die schwarze Brühe so lala. Henry hatte keine großen Ansprüche. Der amerikani-

sche Kaffee, der so dünn ist, als ob man eine Bohne hindurchgeschossen hätte, war sowieso nicht mit dem deutschen zu vergleichen.
Herrmann schmeckte der Kaffee vorzüglich. Seine listigen Augen funkelten.

Der Eurocity nach Kopenhagen fuhr pünktlich los. Wie immer war es schwierig, die reservierten Sitzplätze zu finden, da an der Innenseite und nicht an der Außenseite der Abteilwagentür die Nummer des nächsten Abteilwagens angezeigt wurde. In Wagen 22 war, wenn man erst einmal seinen Sitz gefunden hatte, über der Tür eine computergesteuerte digitale Anzeige mit Pfeil mit der Nummer 23 zu sehen, die einem suggerierte, dass man im falschen Abteilwagen gelandet war. Und da der Zug regelmäßig mit irgendwelchen Jugendgruppen überbucht war, stiegen und fielen die Wanderer, die nach Norden wollten, über Rucksäcke und Plastiktüten mit belegten Broten und auslaufenden Thermoskannen, um an ihren richtigen Platz zu gelangen, obwohl sie vorher eigentlich schon auf dem richtigen Platz angekommen gewesen waren.
Ein Schaffner kam und versuchte diese digitale, computerisierte Anzeige ohne Erlaubnis zu verändern, und so erschien manchmal die 24.
Zwei Stunden später, kurz vor der dänischen Grenze, saßen dann die, die reserviert hatten, endlich auf den richtigen Plätzen.
Zuvor mussten jedoch die Schaffner den einen oder anderen Streit klären. In den Gängen quetschten sich die restlichen Reisenden gegenseitig.

Die fünf hatten sich bereits ein wenig auf den neuesten Stand gebracht. Tangoholger hatte sich gerade neue Tangoräume angemietet. Krabbenhorst hatte ein Gerät dabei, mit dem er jederzeit seine Position auf der Erde bestimmen konnte: einen elektronischen Kompass, Global Positioning System genannt.
Der Zauberlehrling kramte moderne Pfeilspitzen aus Metall hervor, die auf Holzpfeile aufmontiert werden konnten. Henry beklagte sich darüber, dass sein Gedächtnis nicht mehr so richtig funktionierte.
Herrmann zeigte seinen neuen Hut.
Sie wollten sich erst einmal von der Hektik der Städte ausruhen.

Sie wussten schon vom letzten Jahr, dass ab Kopenhagen volle Konzentration gefordert war. Irgendwie mussten die Züge und ihre Fahrgäste, die von Zentraleuropa kamen und zur Peripherie Nordeuropas wollten, immer wieder durch ein geheimnisvolles Nadelöhr.
Fast so wie Harry Potter der Zauberer immer durch eine Mauer auf dem Bahnsteig 9¾ hindurch musste, um in die Anderswelt zu gelangen.

Im Großen und Ganzen wusste man noch, was zu tun war.
Die merkwürdigen Veränderungen begannen dann beim Umsteigen in Kopenhagen vom Eurocity in den Nachtzug nach Stockholm.

Aufgeregte Schreie hallten durch die Bahnhofshalle. Ein alter Mann rief um Hilfe:
„Haltet den Dieb! Haltet den Dieb!“

Ein hektischer junger Mann rannte schnell nach draußen. Der Drogensüchtige, der Geld brauchte, hatte sich einfach in den bereitstehenden Schlafwagen gelegt und gewartet, bis die ersten Reisenden kamen. In aller Seelenruhe hatte er beobachtet, wie sie ihr Gepäck samt Reisetaschen in den halb dunklen Abteilwagen ablegten und hatte zugesehen, wie sie wieder rausgingen, um noch den einen oder anderen Koffer nachzuholen. Dann war er aufgestanden und hatte ruhig die Taschen durchsucht.
Unglaublich dreist.
Herrmann achtete ab sofort mit Argusaugen noch besser auf sein Gepäck. Letztes Jahr war ja seine schöne alte Hirschfelltrommel abhanden gekommen.

Der Zug fuhr los. Es war 23 Uhr. Die Reisenden entfalteten die hellblauen Bettlakensäcke und versuchten das Kopfende zu finden. Die meisten legten das Laken, nachdem sie den Einschlupf nicht gefunden hatten, einfach auf die cordbraune, feldbettähnliche Pritsche und hüllten sich in eine Decke ein. Draußen war es warm genug.
Es dauerte ungefähr zwei Stunden, dann stoppte der Zug. Die ersten Reisenden schliefen schon. Die Lok rangierte mit allen Waggons eine Stunde lang hin und her. Einige der Fahrgäste wachten auf.
Die Waggons wurden auf das große Fährschiff ins Unterdeck geschoben. Plötzlich ruckelte das Ganze. Einige Waggons wurden wieder herausgezogen und weiter durch die Gegend kutschiert. Die meisten Passagiere blickten nach draußen, konnten ab und zu eine helle Schiffswand erkennen, dann wieder Wasser, dann wieder orangefarbene Lichter, von Eisenbahnmasten hin-

unterscheinend. Etwas stimmte mit den Gleisen nicht. Dann war es so weit, alle Waggons waren unter Deck. Unter diesem Deck waren auch Autos eingefahren. Es roch nach Abgasen. Die Eisenbahnwaggons wurden mit dicken Riemen festgezurrt. Eisenhaken an der Schiffswand hielten das ganze Gebilde zusammen, so dass die Ladung Passagiere, die halb saßen und halb lagen, nicht verrutschte.
Das Schiff legte schwankend ab. Einige Passagiere gingen an Deck der Fähre, um in der verbleibenden Stunde Würstchen zu essen und ein paar Biere zu kippen. Andere schliefen tatsächlich in der Koje ihres Abteils in den Waggons, die im Bauch des Schiffes festgebunden waren.

Als das Schiff auf der schwedischen Seite anlanden wollte, gelang es den Schiffsleuten und Eisenbahnern nicht mehr, die Gleise zueinander zu führen. Es war drei Uhr nachts.
Jetzt mussten alle die Waggons verlassen.
500 Zugreisende, Omas im Bademantel, Opas im zerknitterten Anzug mit Koffern, junge Leute mit Rucksäcken wankten müde über die Landungsbrücke. Dann ging es die Treppen hinunter zu einem unterirdischen Gleis.
Alle mussten in einen neuen Nachtzug umsteigen, der über Malmö nach Stockholm fuhr. Die alten Reservierungen waren nichtig. Jeder legte sich in ein Abteil, in dem noch Platz war. Hoffentlich hatten sie sich nicht in dem unterirdischen Brückentunnel verlaufen und verirrt und fuhren nach Norwegen, dachte Herrmann.
Schaffner waren zwar unterwegs, erteilten aber keine Auskunft. Sie waren froh, dass der Zug, wenn auch mit großer Verspätung, überhaupt loskam.

Die fünf konnten nur noch mitmachen und daran glauben, dass sie am nächsten Morgen in Stockholm den Bummelzug nach Norden erwischten. Dann konnte eigentlich nichts mehr schief gehen, denn der fuhr immer geradeaus.
Herrmann lag halbwach auf seinem neuen Pritschenbett. Der Übergang zwischen Mitteleuropa und Skandinavien war tatsächlich ein schamanischer Tunnel und eine Brücke in die Anderswelt, bewacht von kleinen fiesen Drachen. An den Bahnhöfen, an denen der Zug in dieser Nacht hielt, grölten allerdings besoffene Nordländer.

Es war Sommersonnenwende. In Südschweden war es nachts nur noch ein paar Stunden lang dämmrig, bevor der ‚Feuerplanet' wieder erschien.
Die blauen Milchtüten, die Trinkwasser zum Zähneputzen enthielten, waren auch wieder da.
Der Vorhang flatterte wie gewohnt.
Henry schnarchte wohl irgendwo in einem anderen Abteil. Hoffentlich hatten sie ihren Meister unterwegs nicht verloren. Herrmann las noch in einem zerfledderten halben Buch, das keinen Umschlag mehr hatte. Dann schlief er ein.
Der Hechtjäger träumte vom Fußball und wie er - wie einst Toni Turek - mit einem Hechtsprung ein Tor der Ungarn verhinderte.
Herrmann war im Traum ein Fußballheld.

Als er aufwachte, hörte er gerade noch über Lautsprecher, dass sie in einer halben Stunde in Stockholm wären.
Der Nachtzug fuhr durch die Vororte Stockholms.
Die Sonne schien. Die ewigen Mitsommertage des Nordens erwarteten sie.

Saufbrüder, ein Franzose und der Weihnachtsmann

Die fünf standen zerzaust auf Bahnsteig 4. Gepäckstücke waren bei dem ganzen Tohuwabohu in der Nacht Gott sei Dank nicht abhanden gekommen.
Ein paar grölende Schweden kamen ihnen entgegen. Sie rempelten rülpsend die Reisenden an. Herrmann geriet unwillkürlich unter Spannung. Tangoholger blickte verträumt in die Gegend.
Der Zauberlehrling ahnte als Erster, dass etwas Unvorhergesehenes auf sie zukommen könnte. Er hatte etwas Angst und blickte zu Herrmann.
Und schon trat einer der Raufbolde mit Absicht auf den Gurt von Henrys Rucksack, den dieser wie immer halb über den Boden schleifte. Henry blickte erstaunt und milde ins Gesicht des Schweden. Der Zauberlehrling wollte seinen Meister verteidigen und rempelte den Schweden an, schrie, dass er das lassen solle.
Im selben Moment hatte er eine gefüllte, aber schon offene Bierdose als Geschoss im Rücken.
Heinrich schrie vor Schmerz auf. Tangoholger ließ seinen Rucksack fallen.
Herrmann schlug dem lachenden Bierdosenwerfer seine Schamanentrommel samt Schutzhülle um die Ohren, dass es nur so klatschte. Zwei der Rowdyschweden kippten ohne Fremdeinwirkung besoffen um. Ein Teil der Fahrgäste blieb stehen, die anderen schauten, dass sie wegkamen. Ein Mann lief Richtung Servicepoint.
Tangoholger versuchte in seiner freundlichen Art, einen Schweden festzuhalten. Der jedoch riss sich los und verpasste dem Tänzer einen Faustschlag ins Gesicht, worauf der Tänzer richtig wütend wurde.

Er nahm den Schweden in den Schwitzkasten und drückte so lange zu, bis dieser mit rotem Kopf röchelnd in die Knie ging.
Mann, hatte der Tänzer Kraft!
Die beiden wälzten sich in der Nähe der Gleise.
Wo war Krabbenhorst?
Hoffentlich kam kein Zug.
Die zwei hingen schon auf der Kante, den Gleisen gefährlich nah. Die Bahnhofstauben, die es auch in Schweden gab, störte das nicht.
Da kam Krabbenhorst mit der Bahnhofspolizei angerannt, die Schlagstöcke dabei hatte. Drei Polizisten umringten die beiden Kämpfer. Ein anderer Polizist nahm sich die anderen besoffenen Schweden vor, die in die Senkrechte zu kommen versuchten und ihn anpöbelten. Herrmann verstand nichts, auch wenn er noch so genau zuhörte. Nur das Wort „tysk“ -deutsch- konnte er sich merken. Aber die Worte klangen sehr bedrohlich. Tangoholger und sein Gegner lösten sich voneinander. Der Tänzer hatte eine blutende Schramme im Gesicht, das Ohr hatte einen Kratzer. Nachdem ein Mitreisender den Polizisten die Situation erklärt hatte, befahlen sie den Übeltätern mitzukommen.

Die fünf sammelten ihr Gepäck ein, stiegen in den Fahrstuhl und begaben sich zum Regionalbahnhof. Der Bummelzug in die Wildnis startete in einer Stunde. Sie setzten sich in ein kleines Bistro.
Herrmann verschwand auf der Toilette. Als er wiederkam, gab er ihnen einen Kaffee aus. Krabbenhorst fand den Kaffee wieder zu scharf geröstet, und Tangoholger war er zu bitter. Er sah jetzt aus wie ein Kater, der sich die Nacht um die Ohren geschlagen hatte. Herrmann

schmeckte der Kaffee vorzüglich. Die Angelspitze war bei der Rangelei heil geblieben. Loki, der kleine Feuerteufel und Troublemaker, war wieder in seinem Gesicht zu sehen.

Der Zauberlehrling spielte nach all der Aufregung mit seinen metallenen Pfeilspitzen „Hüpf, mein Hütchen" auf dem Tisch, um seine Wut zu besänftigen. Er war erregt, er hatte seinen Meister retten müssen. Sein Rücken schmerzte. Er nippte vorsichtig am Kaffee und verzog ein wenig das Gesicht. Henry hatte wie immer keinen großen Anspruch an das Getränk.

Endlich saßen sie im Bummelexpress nach Norden. Draußen waren nur ab und zu Strommasten zu sehen und die darüber hängenden alten Stromleitungen. Da und dort funkelte das Wasser eines Sees durch die vorbeiziehenden monotonen Wälder.

Sie zogen sich auf ihre Sitzplätze im nächsten Abteil zurück und versuchten, sich wie letztes Jahr lässig in die weichen, dunkelroten Samtpolster zu hängen. Aber sie waren alle etwas unruhig und liefen dann doch lieber auf dem Gang herum.
Die Bar im Speisewagen machte nicht auf. Anscheinend hatte die Betreiberfirma Bankrott gemacht. Bei dem Chemiekakao ist das kein Wunder, dachte sich Herrmann. Leider hatten die fünf Männer zu wenig Getränke dabei. Sie würden versuchen müssen, irgendwo auf der Strecke kurz rauszuspringen, um sich welche zu besorgen.

Unverrichteter Dinge gingen sie wieder ins Abteil zurück. Herrmann las wieder in seinem Buch beziehungsweise in dem, was davon übrig geblieben war. Der Einband fehlte, ganze Seiten waren herausgerissen. Der junge Heinrich wollte mehr über das Buch wissen. Herrmann wusste den Namen des französischen Autors nicht mehr. Krabbenhorst war natürlich davon überzeugt, dass er es rauskriegen würde, aber der Hechtjäger war gerade nicht sehr willig, das zerfledderte Werk aus den Händen zu geben.
Dass hauptsächlich Männer in der Geschichte vorkamen, so viel ließ Herrmann die Neugierigen wissen. Er hatte das Buch schon einmal mit 18 Jahren verschlungen. Jetzt, 35 Jahre später, wollte er noch einmal reinschauen.

Herrmann berichtete dann doch davon.
Es ging um eine Stadt, die hermetisch abgeriegelt werden musste, weil in ihr ein heimtückisches Fieber tobte. Sogar die Ratten starben. Niemand durfte die Stadt verlassen. Der Autor sezierte akribisch das Handeln dieser Männer angesichts der Katastrophe. Es kam das abgrundtiefe Misstrauen zur Sprache wie auch das verzweifelte Ringen der Retter und Helden in Gestalt eines Arztes und eines Journalisten. Aber eben auch der Zynismus und die Verdorbenheit anderer Männer. Herrmann vermutete, dass die Geschichte an den Ersten und Zweiten Weltkrieg und an das Versagen der Menschheit erinnern sollte.

Krabbenhorst reichte die Weihnachtsfotos herum, auf denen Herrmann der Schauspieler als Weihnachtsmann zu erkennen war. Beziehungsweise nicht zu erkennen war, so eingemummelt mit dem dicken weißen Bart und den buschigen Augenbrauen war er. Der fünfjährige Sohn von Krabbenhorst hatte Herrmann das größte Kompliment schon vor Weihnachten gemacht und ihm ein großes Geheimnis anvertraut. Er hatte ihn nämlich zur Seite genommen und verraten, dass er wisse, dass es Männer gäbe, die sich als Weihnachtsmann verkleiden würden. Er hatte gerade gestern im Kindergarten den Erzieher an seinen blauen Ärmeln erkannt. Zu ihm käme aber wie jedes Jahr ein richtiger Weihnachtsmann. So hatte sich Herrmann noch mehr angestrengt als letztes Jahr und seine Stimme so verstellt, dass man ihn wirklich nicht mehr identifizieren konnte, ihn aber auch kaum noch verstand. Nur dass er mit einem Schlitten vom Nordpol käme mit einem Schlitten und Geschenke dabeihätte, war zu vernehmen.

Etwas später war Tangoholger mit der vorgebratenen Weihnachtsgans gekommen. Er blieb wie Herrmann über Nacht im Kreis von Krabbenhorsts Familie.

Henry hatte aus Rosenheim angerufen und Heinrich aus Kiel. Beide wollten wissen, ob Herrmann schon seine neue Angel ausgepackt habe.

Zum Ausklang des Abends saßen sie nach dem Essen gemütlich am Kamin zusammen. Krabbenhorst erzählte, dass es nur in Nord- und Mitteldeutschland den Weihnachtsmann gebe, während in Süddeutschland am 6. Dezember der Nikolaus herummarschiere.

Er wusste sogar, dass es einen heiligen Bischof mit dem Namen Nikolaus im 4. Jahrhundert im heutigen türkischen Myra gegeben habe. Deswegen würde der Nikolaus manchmal auch im Bischofsgewand dargestellt. Herrmann grinste über das Wissen. Er wusste auch einiges.

Dass die Rute zwar zum Strafen da war, dass sie aber in Wirklichkeit einen alten Zauber enthielt. Wenn man früher mit der Rute geschlagen wurde, hieß das, dass die Lebenskräfte der Pflanze in einen hineingehen sollten.
Noch spannender fand er, dass der Nikolaus mit dem Knecht Ruprecht auftrat, und dies war ein Unhold, in dem etwas von den Naturgeistern, sogar von einem Teufel steckte, und deswegen führte ihn der Nikolaus manchmal an der Kette mit.
Krabbenhorst konnte auch wieder etwas beisteuern. Nämlich, dass der Weihnachtsmann mit pelzbesetzter Mütze und rotem Mantel in protestantischen Gegenden aufkam, weil man dort die Heiligen der katholischen Kirche nicht darstellen wollte. Und vor allem, dass die beiden Figuren ursprünglich Odin in seinem blauen Mantel und Thor mit dem Hammer, zwei germanische Göttergestalten, darstellten.
Ja, er wusste viel. Und wie der Vater so der Sohn: Der kleine Kerl hatte Herrmann ja auch belehrt, dass zu ihm der echte Weihnachtsmann kam.

Streit und heldenhafte Männer

Aus dem Lautsprecher ertönte ein langgezogenes „Luuuuuuund“.

An diesem Ort kamen sie jedes Jahr vorbei und amüsierten sich über die Aussprache des Schaffners. Der Bettelmönch schaute besorgt zur geschwollenen Nase des Tänzers. Henry war früher Krankenpfleger gewesen. Der Zauberlehrling bekam Henrys Besorgnis mit und fragte den Tänzer vorsichtig, ob alles o.k. sei. Der murmelte etwas vergrätzt in seinen Bart.

War ihm eine Laus über die Leber gelaufen, oder hatte er doch mehr Schmerzen, als ihm lieb war? Der junge Heinrich fragte noch mal nach.

Das hätte er nicht tun sollen. Tangoholger schrie ihn an, dass er nicht immer seinen alten Meister retten müsse, und wenn er die besoffenen Schweden nicht angerempelt hätte, wären die sowieso ins Gleis gefallen und hätten sich das Genick gebrochen. Herrmann zuckte zusammen.

Tangoholger war richtig sarkastisch gewesen. Das waren aber neue Töne. So kannte er ihn noch gar nicht. Er war doch sonst immer freundlich.

Hatte er das Falsche dazugelernt?

Jetzt wurde der junge Zauberer zornig.

„Du hast doch noch gepennt, als die auf Henry losgingen.“

„Gepennt? Bloß weil ein Betrunkener aus Versehen auf den Rucksackgurt tritt, fängst du gleich eine Schlägerei an!“ maulte Tangoholger zurück.

Der Mönch schaute freundlich zu und sagte nichts.

„Ich muss mir nicht alles gefallen lassen.

Die haben uns provoziert!"
„Ach, Zauberer, die waren halt besoffen."
„Ja, ja, ja, du tanzender Pazifist, warum bist du nicht abgehauen?"
„Horst ist abgehauen. Der war wenigstens ein wenig cool und überlegt. Du musst noch vieles lernen."
„Du auch."
Heinrich bekam einen roten Kopf.
„Ich hätte den Schweden auch krankenhausreif schlagen können", setzte der Junge nach.
„Mein Gott, die waren doch nur besoffen. Herrmann war doch früher auch besoffen."
Herrmann horchte auf.
„Deswegen. Ich weiß doch, was los ist, wenn Männer auf Alk oder auf Drogen sind."
„Kennst Dich wohl aus?"
„Ja, ich kenne mich aus!
Dort vorne die Deutschen, die machen wir an. Du verstehst kein Schwedisch, aber ich."
Tangoholger grinste verächtlich.
Auf jeden Fall ging es ihm nicht so schlecht, als dass er sich nicht hätte streiten können.
„Musstest halt den Helden spielen."
Der junge Heinrich machte eine abwertende Handbewegung.

Alle schwiegen.

Der Bummelzug, der sich Express nannte, hielt auf offener Strecke.
Es war weit und breit kein Haus zu sehen, wo man hätte Trinkwasser besorgen können. Die Theke im Bistrowa-

gen war immer noch geschlossen. Sie hatten zu wenig Getränke dabei. Was sollten sie tun?
Das Wasser auf der Zugtoilette war als nicht trinkbar gekennzeichnet.
Wildniserfahren waren sie, aber in einem Bummelzug mussten sie ihren Durst aushalten.
Was war dieses Jahr nur los?
Sie wollten doch das letzte Mal die Tour allein machen, um danach für die jungen Männer fit zu sein.
Herrmann stöberte aus Verlegenheit in seinem Restbuch des berühmten französischen Schriftstellers. Er hatte ein paar Sätze gefunden, die ihn an Henrys Gedicht über die schläfrigen Männer erinnerte:

„Für die Verpesteten ist der Schlaf der Menschen heiliger als das Leben. Man darf die biederen Leute nicht am Schlaf hindern. Das wäre geschmacklos, und Geschmack besteht darin, nicht nachzufragen, das weiß man ja."

Der alte Bettelmönch hatte geschrieben:
„Ich suche nach einer einzigen Person, die es wagt, auch nur einmal auf die erotische Reinheit der Natur zu schauen.
Unser Leben hier auf Mutter Erde, diesem Kloster der Magie, ist gewiss seltsam. Wir Männer und Mönche sind zu schläfrig.
Die meisten männlichen Leben werden gelebt in Form von Dumpfheit und Gier. Erwacht! Angesichts der erotischen Liebe der Schöpfung!"

Herrmann hatte noch eine interessante Stelle gefunden, aber die war noch unleserlicher. Es gab sogar verbrannte Löcher im Text, als ob jemand im letzten Moment den

Buchrest aus dem Ofen gezogen hätte. Es stand nur noch da:

„...auf Frieden hoffen können oder doch wenigstens auf einen guten Tod".

Hatte nicht auch der alte Bettelmönch davon in einer seiner Bildergeschichten geschrieben?

Herrmann hielt die einzelnen Buchfetzen sorgfältig in der Hand.

Henry fragte, was das für ein Buch sei.

„Von einem Franzosen. Habe ich mal vor 35 Jahren gelesen. 1968, ich war 18 Jahre alt."

Und jetzt fiel ihm auch der Name ein: „Albert Camus. Und das Buch heißt ‚Die Pest'."

„Worum geht es da?"

„Um Männer, die in einer Stadt wie Gefangene leben und was sie vom Leben und den menschlichen Verhaltensweisen angesichts der Katastrophe halten. Es geht vor allem um einen Arzt und einen Journalisten."

Krabbenhorst und Tangoholger verließen das Abteil.
Der Zauberlehrling blieb.

Der Zug fuhr wieder an.

„Was meint der Arzt?"

„Das weiß ich nicht mehr."

Herrmann hatte gerade die Worte vor sich:

...schweigsamen Bildnisse auf immer in Bronze erstickter...

...ehemaliger großer Männer mit ihren falschen Gesichtern aus Stein oder Eisen...

...diese armseligen Leitbilder thronten...

...gefühllosen Unmenschen gleich...

„Es gibt in dem Buch auch einen Erzähler.
Er beschreibt riesige Bronzedenkmäler von heldenhaften Männern im Algerienkrieg."
Herrmann stockte.
Er wusste plötzlich, woher die verbrannten Seiten kamen.
Er hatte vor einigen Jahren, als er noch soff, das Buch im Vollrausch verbrennen wollen, es aber im letzten Moment wieder aus dem kleinen Ofen in der Berghütte gezogen, in die er sich zurückgezogen hatte.
Der Hechtjäger musste schlucken. Ihm wurde etwas schummrig vor den Augen. Er öffnete das Fenster und schaute in die Ferne.

Der Zug durchquerte ein ehemaliges Waldgebiet, das von großen Maschinen durchpflügt worden und abgeholzt war. Die mächtigen Wurzeln der Bäume ragten in die Gegend. Es sah aus wie auf einem Schlachtfeld.
Am Rande dieses Gigantenfriedhofs war eine Rentierherde zu sehen.
Die etwas verloren wirkenden Hirten winkten ihnen in ihrer typischen samischen Landestracht zu. Der junge Heinrich drängte sich neben Herrmann und schaute auch hinaus. Hier hatte der Möbelindustrieriese mit seinen großen Waldmaschinen gewütet.

Als sie das Fenster wieder schlossen, hatte Henry sein bronzenes Amulett, das die Silhouette zweier männlicher Barfußsohlen darstellte, in der Hand.
Der Zauberlehrling fragte seinen schweigenden Meister, ob es das Zeichen seines ehemaligen Klosters in Japan sei oder seine eigene kreative Erfindung. Gerade als Henry zu sprechen anfangen wollte, stolperten Krabbenhorst und der Tänzer stolz mit Pappbechern voll Wasser in das Abteil.
„Hat uns ein Schwede verkauft."
Henry hängte sein Amulett wieder um.
Krabbenhorst kramte aus seinem kleinen Rucksack ein Blatt Papier hervor und begann vorzulesen:
„Kanufahren - eine kurze Anleitung.
Um das Boot auf Kurs zu halten, gibt es den Heckschlag beziehungsweise J-Schlag. Dieser Schlag führt über die Sitzposition des Hintermannes hinaus. Noch im Wasser dreht ihr die aktive Seite des Paddels in Klammern die Seite, gegen die das Wasser drückt Klammer zu mit der oberen Hand am Ende des Schlages nach außen und drückt sie vom Boot weg."
Dann übte er den Paddelschlag für sich. Herrmann begann diese Besserwisserei zu nerven. Er konnte nicht so lernen wie Krabbenhorst, der immer wieder auf das Blatt schaute, dann den Blick nach innen versenkte und für sich auf der Sitzbank des Zugabteils das perfekte Paddeln übte. Na ja, so konnte er die anderen wenigstens nicht nass spritzen. Oder sollte er, Herrmann, jetzt auch seine Angel auspacken und im Abteil Wurfübungen veranstalten?
Herrmann ging vor die Tür des Abteils und schloss sie wieder.

Drinnen nahm Henry das Amulett ab, reichte es seinem Zauberlehrling.
Beide sprachen angeregt miteinander. Herrmann hätte das auch interessiert. Weihte der Alte den Jungen in ein Geheimnis ein?

Der Zug ratterte weiter gen Norden.

Immer näher

In Skellefteå stiegen sie wieder in den Überlandbus um, der sie Richtung norwegische Berge brachte. Es dauerte Stunden um Stunden.
Irgendwann waren sie da. Erschöpft.

Tangoholger hatte schlauerweise den Kanuverleiher gebeten, das Essen zu besorgen und in die Verpflegungstonnen zu packen, denn sie wollten nicht so viel Zeit verlieren, wollten möglichst schnell hinauskommen an „ihren" See.
Leider kam der Schwede nicht. Sie warteten an dem Busbahnhof mit der Tankstelle, deckten sich vorsorglich in dem kleinen Drugstore mit Getränken und etwas Tagesproviant ein.
Sie waren jetzt 32 Stunden unterwegs

Der Zauberlehrling dehnte sich, indem er die Arme zum Himmel streckte und ein paar Kniebeugen machte. Dann gähnte er genussvoll.
Herrmann saß auf der Bank auf dem Busbahnhofsvorplatz und blinzelte in die Sonne.
Tangoholger überprüfte noch einmal seine Nase. Sie war noch dicker geworden.
Henry blätterte in einer Illustrierten.
Krabbenhorst versuchte ein letztes Mal, seine Familie telefonisch zu erreichen.

Der Fahrer kam und kam nicht. Sie hatten schon zum zweiten Mal ihr Gepäck kontrolliert:
- Eine Badehose
- Ein Paar Fingerhandschuhe gegen Moskitos

- Ein Moskitonetz (am besten in der Imkerform)
- Ein großes Baumwolltaschentuch
- Spülmittel biologisch abbaubar!
- Klopapier (bringt der Schwede mit)
- Ein Schlafsack, evtl. mit wasserfester Schutzhülle (Biwaksack)
- Eine Isomatte oder Thermarest oder Luftmatratze
- Ein wasserdichtes Zelt (ein bis zwei Personen, vorher ausprobieren), mit Plastikfolie gegen spitzen Untergrund

Und dann noch einmal.

Um das Warten zu überbrücken, plauderten sie über Tricks für das Leben in der Wildnis.

Herrmann hatte die geniale Idee gehabt, dünne wasserdichte Plastiktüten mitzunehmen. Diese konnte man über die Barfüße ziehen, wenn einem einmal das Wasser in die Gummistiefel gelaufen war und die Strümpfe eklig nass waren. Dann zog man die nassen Strümpfe darüber und stieg wieder in das Schuhwerk. Man konnte diese Plastiktüten auch zum Abpacken innerhalb des großen Rucksacks verwenden. So blieb die Kleidung trocken, wenn wirklich mal eine Welle ins Kanu schwappte.

Tangoholger hatte eine neue besondere Rauchabzugsklappe für die Lappenkote genäht. Sie konnten sie vom Innenzelt aus in der jeweiligen Himmelsrichtung öffnen.

Herrmann zeigte sein nagelneues Fischmesser, das er geschenkt bekommen hatte. Es war rasierklingenscharf, hatte eine Metallkugel am Knauf zum Betäuben des Fisches und am oberen Teil der Klinge eine Art Metallrechen zum Abschuppen. Die Klinge war vorne so spitz wie eine Nadel. Es besaß ein schönes Lederband, um das

wertvolle Gerät am Hosengürtel festbinden zu können. Es war schwer und baumelte ständig um die Beine herum.
Die anderen machten sich über das Messer lustig. Einen Hecht umzubringen, sei keine wirkliche Notsituation.
Es sei auf jeden Fall besser als das Messer des Kanuschweden mit dem Elchkopfknauf, widersprach der Hechtjäger.

Endlich. Der Landrover kam mit Karacho um die Ecke gebogen.
„Wenn man vom Teufel spricht, da kommt er auch schon“, dachte Herrmann. Wahrscheinlich hatte der Kanuverleiher noch etwas gegessen und tat jetzt, als ob er sich beeilt hätte, vermutete Tangoholger. Der Schwede faselte etwas davon, dass er seine Schlittenhunde noch habe versorgen müssen.
Er war genau wie letztes Jahr kurzbehost und hatte wieder blutige Beine von den zermatschten Moskitos. Er fuhr wie der Henker persönlich. Samt großem Anhänger, auf dem die Verpflegungstonnen und fünf Polyesterkanus, drei weiße und zwei schwarze, festgezurrt lagen, raste er mit dem Landrover durch die Wildnis. Es waren die Tage der Mitternachtssonne, und die Nordländler spielten halt verrückt.
Er müsse eine andere Strecke fahren, weil es auf der gewohnten Strecke durch den tagelangen Regen einen Erdrutsch gegeben habe.
Als sie weit genug vom Drugstore weg waren, fiel ihm ein, dass er doch ein paar Kleinigkeiten beim Einkaufen vergessen hatte. Er würde in drei Wochen noch einmal in die Nähe ihres Gebietes kommen und ein, zwei Verpflegungstonnen in der Sandbucht cirka eine Stunde

oberhalb des Elchjägers abstellen. Material zum Abdichten des einen lecken Kanus wäre auch in der Tonne und die fehlende Schwimmweste ebenso.
Über kleine Waldwege erreichten sie ihren Einsatzort am großen See.
Sie waren an einer ihnen unbekannten Stelle des Sees. Er drückte ihnen noch schnell eine topografische Sonderkarte des Gebietes in die Hand und zeigte ihnen die Stelle, wo er sie in sechs Wochen samt Kanus wieder aufpicken wollte. Herrmann machte ein Kreuz auf die Karte. Ebenso bei der Sandbucht. Dann zeigte ihnen der Kanuverleiher auf der Karte, wo er sie abgesetzt hatte. Die Kanus wurden abgeladen, und der hektische Schwede verschwand.

Die fünf Männer schmerzte der verlängerte Rücken. Der Landrover war hart gefedert und nicht so samtig ausgepolstert gewesen wie das Abteil im Bummelzug.

Noch spät am Abend zogen sie mit ihren voll geladenen Kanus Richtung Halbinsel los. Dieses Jahr mussten sie den See nicht traversieren. Sie konnten am gleichen Ufer entlang paddeln, um zum Basislager auf der kleinen Halbinsel zu gelangen. Sie waren froh, den chaotischen Schweden los und bald am Ziel ihrer langen Reise zu sein.

Der verschwundene Medizinbeutel

Die Mitternachtssonne leuchtete von den norwegischen Bergen auf die schwedische Seenplatte herunter.

Der Medizin- und männliche Seelenbeutel, den sie letztes Jahr mit ihren symbolischen Gegenständen und dem goldglänzenden Blinker hinterlassen hatten, war nicht mehr da, als sie ankamen. Es war doch nicht so einsam hier, wie sie vermutet hatten.
War dies ein gutes Omen?
Vielleicht ein Hinweis darauf, dass mit den darin enthaltenen Objekten auch ihre alten Schwächen verschwunden waren.

Sie richteten sich auf ihrer kleinen Heimat der Männlichkeit ein.
Von der Mitte des Sees konnte man sie wie letztes Jahr nur schwer erkennen. Falls wirklich mal ein einsamer Kanufahrer von Norwegen herunterkam, würde dieser sorglos an ihnen vorbeiziehen. Denn er hatte ja den Nordwind im Rücken und merkte erst, wenn er längst vorbei war, dass da irgendwo ein Feuer brannte.

Wenn der Wind allerdings von Süden blies, konnte er den Rauchgeruch rechtzeitig in die Nase bekommen. Und wenn er dann noch gute Augen hatte oder ein Fernglas, könnte er einen barfuß durchs Heidelbeerkraut humpelnden alten Mann erkennen, der Holz für ein Lagerfeuer sammelte.

Oder einen barfüßigen jungen Mann mit einem staksigen Gang. Die Tannennadeln und Tannenzapfen, die überall auf dem Waldboden herumlagen, erforderten Vorsicht. Wahrscheinlich hätte er die vielen kleinen Trampelpfade aus dieser Entfernung nicht erkannt. Diese hatten sich ja im Laufe der letzten zwei Aufenthalte wie von selbst entwickelt.
Es gab Haupttrampelpfade wie zum Beispiel von der Feuerstelle zur großen Lappenkote und von da zum Trockenzelt und kleine Nebentrampelpfade zu den einzelnen Zelten.
Henry gab bekannt, dass ihre Feuerstelle vor kurzer Zeit benutzt worden war.

Der Ameisenhaufen war nun so hoch wie eine kleine Krüppelkiefer.

Herrmann hatte dieses Jahr peinlich genau den Waldboden untersucht, bevor er sein Zelt aufstellte. Die angeschmorten Gummistiefel und den Ölkanister fand er nicht mehr.
Er entfernte Äste. Steine, die andeuteten, dass sie seinen Rücken malträtieren könnten, warf er in die Büsche. Auf seinem Platz konnte er so liegen, ohne dass er seitlich oder zum Fußende hin von der Matte rutschte. Wenn dies doch einmal geschehen sollte, würde das gut verankerte schwedische Röhrenzelt Herrmann auffangen, so dass er nachts nicht beim Hecht landete.
Dem Hechtjäger war es auch dieses Jahr wieder wichtig, nicht zu nah am Feuer zu kampieren, um nicht die langen Monologe von Krabbenhorst mithören zu müssen. Seine Zeltwand war so dünn, als ob sie nicht vorhanden wäre.

Doch Krabbenhorst hatte seinen Platz mit Tangoholger getauscht und war dadurch Herrmann doch näher gerückt. Er hatte so sein Zelt in der Nähe der Küche aufgestellt. Wollte Krabbenhorst dieses Jahr etwa kochen? Das letzte Jahr hatte er sehr lange zum Zwiebelschälen gebraucht.
Tangoholger war vorne an der Spitze der Halbinsel positioniert. Von Wind und Wellen umgeben, wie sonst Krabbenhorst. Wollte er sich endlich den harten Stürmen des Lebens stellen?
Tatsächlich, der verschwundene Medizinbeutel war ein gutes Omen.
Herrmann wusste, dass sein dünnes Zelt den Vorteil hatte, dass man die Geräusche der Natur um sich herum hörte. Sein Platz durfte aber auch nicht da liegen, wo sich die Moskitos aufhielten.
In der Nähe des Sumpfes wollte er trotzdem bleiben.
Herrmann machte einen für ihn gerade noch zu ertragenden Kompromiss und verschob seinen Lieblingsplatz um zehn Meter.
Er residierte dann immer noch in der Nähe des Wassers und auf der Innenseite der Halbinsel nahe genug beim Hecht.
Der Zauberlehrling rückte näher an den Bettelmönch heran. Dieser lag ganz nahe an der Feuerstelle, obwohl er damit riskierte, an feuchten Tagen von dicken Rauchschwaden eingeräuchert zu werden. Aber er fror dieses Jahr mehr. Er war 75 Jahre geworden.
Und so konnte er auch mal schneller in der Asche rühren und herumkokeln, wenn er sich wieder mal Sorgen um die Männer und die gesamte Welt machte.
So kamen die Dinge nach einigem Hin und Her in die richtige Lage.

Die Hechtzauberer

Herrmann saß vor seinem Zelt.
Seine neue Angel lehnte an der Kiefer bei seinem Platz.
Er beobachtete, wie Tangoholger in ein weißes, windschnittiges Kanu stieg, das eher für draußen auf dem See vorgesehen war.
Der Tänzer paddelte langsam Richtung Sumpf. Herrmann stutzte.
Was wollte Tangoholger da? Er würde den Hecht verjagen. Der Tänzer kam näher. Herrmann konnte es kaum fassen.
Er beobachtete seinen Freund genau. Tangoholger hatte eine Angel dabei, aber keinen Kescher. Herrmann bewegte sich am Ufer entlang parallel zu Holger, der sich immer näher in das Jagdrevier schob. Wollte Holger ihm den Hecht wegschnappen?
Herrmann wusste nicht, was er tun sollte.
Holger leise zurufen: „Er gehört aber mir!“ - Einen Stein ins Wasser plumpsen lassen, um den Hecht zu warnen?
„Essen brennt an!“ rufen?
Das war alles zu blöd !
Einen Unfall vortäuschen und vor Schmerz schreien?
Holger bitten, dass er ihn noch einmal probieren ließe, sie hatten ihm doch extra die neue Angel zu Weihnachten geschenkt?! Und er hatte sich einen teuren Kescher gekauft und das superteure Fischmesser geschenkt bekommen !

Herrmann wusste, wo der Hecht stand.
Seit gestern hatte er ihn aber nicht mehr zu Gesicht bekommen.

Wenn der Tänzer den Hecht wirklich fing, müsste er sich nicht beschweren, wenn der Fluch des Hechtes auf ihm laste. Genau! Das war es!

„Das Gold, das Glück brachte,
soll Brüder entzwein
und bringen den Tod
und acht Generationen lang
Fehde wecken.
Niemandem nütze mein Gut.“, sprach Herrmann im Geiste vor sich hin.

Tangoholger war dann selbst schuld, wenn seine noch nicht geborenen Kinder auf immer und ewig litten. Herrmann musste über sich selbst schmunzeln. Aber Tangoholger hatte sowieso keine Chance, ihn zu kriegen, obwohl er mit Angel und Blinker besser umgehen konnte als er.

Holger wusste nämlich nicht, wo der Hecht stand! Man musste mindestens fünf Meter in das Schilf eindringen und solch einen Frevel beging Tangoholger nicht.

Er war immerhin Umweltschutzingenieur.

Tangoholger warf den Blinker geschickt in die Nähe des Schilfes. Es sah elegant und locker aus. Aber er hatte keinen einzigen Biss.

Nichts bewegte sich. Der Ingenieur probierte es immer wieder. Ohne Hast, ganz ruhig.

Herrmann beobachtete ihn. Nach einer Weile ließ sich Holger langsam auf Herrmann zutreiben, der am Ufer stand. Das weiße Kanu rutschte seitlich an die niedrige und mit rundem Waldgras bewachsene Uferböschung.

Das Boot quietschte, als es ein paar ins Wasser ragende Wurzeln der Uferbäumchen und Schwemmhölzer zer-

drückte. Holger hielt sich an einem großen Grasbüschel fest.
Beide grinsten sich an.
Holger war freundlich und sich keiner Schuld bewusst.
Gott sei Dank, er hatte aufgegeben, dachte Herrmann.
Dann paddelte Holger Richtung Feuerstelle zurück, befestigte das weiße Kanu und stieg aus. Kümmerte sich um das Essen.
Krabbenhorst hatte tatsächlich die Möhren fertig.

Der Hechtjäger ergriff seine Chance.

Das Essen war noch nicht fertig. Es regnete und wurde etwas schwül. Bestes Hechtwetter.

Herrmann schnappte sich seine neue Angel und den Kescher und zog mit einem weißen Kanu los. Er hatte Holger beobachtet, wie dieser geworfen hatte. Und er wusste genau, wo der Hecht stand. Schnell war er an der betreffenden Stelle. Konzentriert warf er seinen Blinker aus. Er landete knapp daneben im Schilf und nicht in dem kleinen Wasserloch weiter hinten. Er verhakte sich. Herrmann beherrschte sich, er riss nicht wie letztes Jahr an der Angel herum. Er zog sich langsam mit den Händen samt Boot an der straffen Angelschnur entlang zum hängenden Blinker hin.

Als er ins Schilfgras griff, spritzte das Wasser hoch auf. Die Bugwelle des flüchtenden Hechtes brachte das Kanu leicht zum Schwanken.
Herrmann beobachtete aus den Augenwinkeln, an welcher Stelle die kleine Welle abebbte.

Er wusste nun, dass der Fisch noch weiter hinten stand. Herrmann war entschlossen, den Hecht zu kriegen. Doch er riss sich zusammen.
Gemächlich paddelte er zum Lagerfeuer zurück.

Sie aßen.
Herrmann grübelte vor sich hin. Er hatte einmal gelesen, dass die Amazonasindianer bis zu vier Stunden mit einem Speer regungslos im dunkelbraunen Flusswasser standen. Dann stießen sie zu. Sie hatten die kleine Welle wahrgenommen, die der Fisch und die vor ihm flüchtenden kleinen Beutefische erzeugten, und dann ein paar Zentimeter vor den Körper des Fisches gezielt.
Aber sie waren hier nicht am Amazonas und auch keine Indianer.
Ein Hecht reagierte anders. Herrmann verwarf die Idee wieder.
Er erinnerte sich an das Desaster im letzten Jahr.
Einmal wäre er beinahe umgekommen. Hatte seine Angel verloren. Später konnte er nicht einmal mehr das Zusammensein mit seinen Freunden auf dieser schönen Halbinsel genießen.
Immer erschöpfter war er von seinen Eskapaden zurückgekommen, getrieben und mit leeren Augen.
Das sollte ihm auf keinen Fall noch einmal passieren.

Herrmann linste beim Essen zu seinem fröhlichen Tanzfreund mit der dicken Nase, den sie jetzt liebevoll Nasenbär nannten. Immerhin hatte er bei der Schlägerei im Stockholmer Bahnhof riskiert, nicht mehr der Schönste unter ihnen zu sein. Tangoholger lächelte zurück.

Herrmann war von der Freundlichkeit und Lockerheit dieses Mannes berührt. Herrmann hätte diesen Hecht liebend gerne allein gefangen.
Aber allein schaffte er es nicht!!
Dann gab er nach längerem inneren Kampf seine fixe Idee auf. Eine ganze Weile schaute er von der Feuerstelle aus aufs Wasser. Er beobachtete das Spiel von Sonnenlicht und Wellen. Er dreht den Kopf leicht nach hinten Richtung Sumpf.
Dann hörte er sich leise sprechen:
„Ich weiß, wo er steht. Sollen wir ihn holen?"

Herrmann nahm auf dem hinteren Sitz des Kanus Platz. Er griff zu dem durchsichtig lackierten Holzpaddel mit den fein gemusterten Jahresringen und paddelte Tangoholger zum Hecht.
Der Tänzer überprüfte den goldglänzenden Blinker.
Er nahm keinen Whobbler, also einen mit Luft gefüllten, etwas kugeligen Blinker, den man im Sumpf verwenden kann, weil er sich weniger verhakt und nur knapp unter der Oberfläche schwimmt. Er nahm einen Blinker, den man auch für Lachs und Forelle aufziehen konnte. Dieser Blinker hatte eine Sperre, die erst ausfuhr, wenn ein Fisch zubiss. So konnte sich der Haken nicht so leicht im Sumpfgras verheddern. Dennoch musste der Tänzer diesen Goldblinker so kunstvoll werfen, dass er ihn schon in der Luft oder sofort nach dem Aufplatschen auf dem Wasser wieder heranziehen konnte, damit er nicht doch irgendwo stecken blieb. Der Blinker sollte erst gar nicht so tief einsinken. Es war eine wirklich merkwürdige Geste, die da vollzogen werden musste. Die weit ausholende Wurfbewegung, bei der sich die

Angelschnur durch die Luft bewegte, und dann sehr schnell der Stopp der sich abspulenden Schnur, nicht zu früh und nicht zu spät, sonst erreichte der Blinker sein Wurfziel nicht. Danach kam gleich der Drill, das Zurückziehen des Blinkers Richtung Boot, und das in einer ungleichmäßigen Geschwindigkeit, so dass der lauernde Hecht aufmerksam werden würde. Gleichzeitig in Vorausschau auf im Wasser treibende Äste, die es noch zu überspringen gab. So müsste der Blinker über und unter Wasser hopsen und schweben.

Herrmann hielt das Kanu mit winzigen Bewegungen des Paddels ruhig, denn der Wind schob es vom Sumpf weg. Vorsichtig brachte er Holger bis auf drei Meter an den flachen Sumpf heran. Das Kanu lag gerade eben im Wasser und berührte noch nicht den Boden. Das Schilfgras war noch nicht so dicht, so dass sie keinen allzu großen Frevel an dem schönen Sumpf begehen mussten. Die günstigste Wurfposition war erreicht.
Beide Männer waren ruhig und gelassen, dennoch hellwach.
Herrmann kannte diese Art von Präsenz vom Schauspiel her, wenn er sich auf der Bühne im Licht der Scheinwerfer präsentierte. Die Luft fühlt sich dabei fast wie warmes Wasser an. Als ob jede, noch so kleine Körperbewegung Wellen schlägt und durch die Luft das Publikum erreicht.
Tangoholger warf. Der Blinker ploppte leicht auf die Wasseroberfläche fünf Meter hinter dem vorderen Schilfrand auf eine kleine freie Wasserfläche.
Sofort riss Holger ruckartig und dennoch elegant an der Leine. Der Blinker sprang über das Schilf zurück. Dann drillte er ihn wieder zum Kanu zurück.

„Wirf einen halben Meter weiter nach rechts“, flüsterte Herrmann.
Der Blinker glänzte in der Abendsonne, als er durch die Luft trudelte. Platschte günstigerweise mit der flachen Seite auf das Wasser, so dass er nicht sofort versank und Holger etwas langsamer anziehen konnte.
Nur kurz dachten die beiden Männer, der Blinker habe sich wieder verhakt.
Dann wussten sie es.
Der Hecht hatte zugebissen!
Er war dran.
Sie hatten ihn. Und dieses Mal entkam er ihnen nicht mehr.
Es war nicht schwierig, mit dem Fisch in tieferes Gewässer, vom Sumpf weg, zu kommen. Er hatte kräftig zugebissen.
Tangoholger kurbelte und gab dann wieder Leine. Jetzt war Behutsamkeit angesagt. Der Fisch musste müde gemacht und dann aus seinem Element zur Erde befördert werden.
Sie waren in Ufernähe. Herrmann stieg aus und holte den neuen Kescher, den er dieses Jahr wie verabredet mitgebracht hatte.
Voller Aufregung rannte er zur Lappenkote am Feuer.

Aber wo war er? Er war doch vorhin noch hier! Starr vor Schreck stand Herrmann da. Dann krümmte er sich urplötzlich vor Lachen, aber auch vor Schmerzen. Hysterisch gluckste es aus ihm heraus:
„Weiß jemand, wo der Kescher ist?“
Ein Jahr hatte er sich auf diesen Tag vorbereitet. Jetzt hatten sie die Beute und konnten sie nicht an Land bringen. Ein Gedanke schoss ihm in seinen Kopf und dann in alle Glieder. Der Zauberlehrling war auch zum

Angeln gegangen. Er hatte das Ganze nicht mitgekriegt und hatte den Kescher mitgenommen. Herrmann selbst hatte ihm ja immer wieder erzählt, wie spannend die Hechtjagd sei, und dabei ein wenig mit seiner Erfahrung geprahlt und vor allem betont, dass ein Hecht ohne Kescher nicht zu fangen sei.
Heinrich, der fleißige Zauberlehrling, hatte den Rat des Hechtjägers ernst genommen.
Wo war Krabbenhorst? Wo war der alte selbst gebastelte Kescher? Der Planer und Kapitän des Wissens, Sohn des Meeres und der schnellen Fische, war im entscheidenden Moment nicht da. Herrmann rief nun nochmals laut mit fester und doch ein wenig zitternder Stimme, er wollte auf keinen Fall hysterisch wirken.
„Wo ist der alte Kescher?“
Dann lief er zum Kanu zurück. Auch Tangoholger war inzwischen ausgestiegen.

Sie sahen den Hecht in Ufernähe im flachen Wasser. Still und ruhig schwebte er in seinem Element und verhielt sich so, als ob nichts passiert sei. Herrmann wusste, dass der Hecht bluffte.
Da reichte ihm Krabbenhorst von der Seite den alten Kescher, den er letztes Jahr in tagelanger Kleinarbeit aus einer Astgabel und aufgedröselter Sisalschnur gebastelt hatte. Er hatte ihn sogar mit schwarzer Schuhcreme eingefärbt, damit er nicht so auffällig wäre.

Dann kümmerte sich Krabbenhorst um das weiße Kanu, das noch im Wasser war, damit es ihnen nicht in die Quere kam. Der alte Henry bewegte sich nun auch humpelnd vom Feuerplatz Richtung Sumpf.

Herrmann schöpfte den Hecht unter Wasser einfach von vorne. Einen Moment hatte er das Gefühl, als ob sich dieser in die Netzhöhle flüchten wolle. Vorsichtig hob er den Fisch im alten Sisalkescher aus seinem Element. Zur Sicherheit umklammerte der Hechtjäger den oberen Rand des Netzes mit beiden Händen.

Jetzt lag der Hecht im Netz auf dem Waldboden. Er bewegte sich nicht.
Er hatte ihn.
Sie hatten ihn.
Er war wirklich im Netz.

Der Hechtzauber vom letzten Jahr hatte gewirkt.

Herrmann blickte in die leuchtenden Augen von Holger und hielt diesem unbeschreiblichen Gefühl lange stand. Der Hecht starrte mit erstauntem goldglänzenden Auge die vier Männer an. Der Tänzer und der Schauspieler machten den typisch lässigen Handschlag der schwarzen amerikanischen Basketballspieler nach, wenn der Ball im Korb gelandet war. Bingo! Glückstreffer!!
Der alte Bettelmönch humpelte noch näher zum gefangenen Tier.
Dann fragte er locker in die Runde.
„Gibt es heute Fisch?“
Sie lachten.

Herrmann war erlöst.
Es fühlte sich wunderbar an, dass sie den Räuber zu dritt erlegt hatten.

Tangoholger betäubte den Fisch durch einen Schlag auf die harte Schädeldecke mit einem noch härteren Holzknüppel. Der Hecht schlug heftig mit den Schwanzflossen um sich. Herrmann zerschmetterte vor Aufregung und Mitleid mit einem weiteren Schlag fast den Schädel des Tieres. Der Blinker verbog sich. Dann stach Tangoholger dem Hecht seitlich am Kopf knapp vor den Brustflossen gezielt ins Herz.

Das Tier zuckte kurz. Dann zitterte das Leben des Fisches das Rückgrat entlang heraus. Der hungrige Wolf, wie ihn die Angler nannten, war tot.

Er musste wirklich sehr hungrig gewesen sein, sonst wäre er vielleicht nicht so unvorsichtig gewesen. Er hatte den Blinker vom letzten Jahr noch im Maul. Sie entfernten beide Blinker aus dem Maul des Raubfisches. Tangoholger hatte ihm mit einem kurzen Ästchen das Maul aufgesperrt. Er wollte sich nicht an den rasiermesserscharfen Zähnen ritzen.

Der Hecht verlor das Leuchten und den Glanz, seine Augen wurden matt, dann glotzte er ruhig und teilnahmslos in die Welt. Sein Körper war nicht mehr beseelt.

Einen kurzen Moment standen die vier Männer schweigend da.

Krabbenhorst bot sich an, den Fisch fachgerecht auszunehmen, zu entschuppen und zu filetieren. Herrmann reichte ihm sein Spezialmesser, aber er lehnte dankend ab: Er hatte das alte Fischmesser, das ihm sein Vater geschenkt hatte, dabei.

„Hier, probier mal, Herrmann."

Krabbenhorst reichte ihm ein Scheibchen rohes Hechtfleisch.

„Hechtsushi im Wald", kam es fröhlich aus dem Küchenzelt.

Sie wollten den Fisch gleich essen. Holger reinigte die Pfanne im Wasser vom letzten Essen. Die kleinen Fische in Ufernähe fraßen die Reste.
„Der Schwede hat viel zu wenig Butter eingekauft“, kam aus der Küche.
„Aber für den Hecht reicht es noch. Oder sollen wir Hechtklößchen machen? Geht ja nicht“, korrigierte sich Holger selbst laut.
„Wir haben ja keinen Fleischwolf dabei.
Oder Hechtsuppe?“, murmelte er vor sich hin.

Von der Spitze der Halbinsel her hörte man ein Rumpeln. Der Zauberlehrling zog das Kanu an Land. Mit Moskitonetz, Angel und Kescher bewaffnet, rief er von weitem:
„Es gibt hier in der Gegend keine Hechte!“
Er kam näher und schaute zu Krabbenhorst, der in aller Seelenruhe schon die reinen Filetstücke zerteilte. Dann wiederholte der junge Heinrich:
„Es gibt hier in der Gegend keine Hechte!“
Schaute Krabbenhorst bei seiner Tätigkeit zu, kapierte aber immer noch nicht, dass da Hechtfleisch vor ihm lag.
Die anderen feixten sich zu.
Krabbenhorst wiederholte:
„Nee, in dieser Gegend gibt es keine Hechte.
Höchstens im Wasser.“
Der Zauberlehrling bekam einen roten Kopf:
„Warum lacht ihr so blöd?“
„Schau mal!“
Herrmann der Hechtjäger zeigte mit dem Finger auf die bereits filetierten Stückchen.
Heinrich riss die Augen auf und sagte leise:
„Hecht!?“

Die Butter in der Pfanne war heiß. Die Hechtstückchen brutzelten goldbraun. Mit etwas Salz schmeckten sie köstlich.

Den Hechtkopf steckten sie auf einen kleinen Marterpfahl. Mit dämonenhaft weit aufgerissenem Maul und rot triefenden, nach innen gekippten Augäpfeln schaute er in den Himmel. Eine Fliege surrte um ihn herum.

Sprung über den eigenen Schatten

Herrmann paddelte nach dem Abendessen noch einmal in die Bucht.
Warum hatte der Hecht ihn letztes Jahr so an der Nase herumgeführt?
Was war das, was ihn damals so trieb?
Beinahe wäre er beim Hechtangeln umgekommen.
Warum vergaß er dann alles und alle um sich herum? Er entfernte sich ja bei diesem Tun nicht nur äußerlich, was schon nicht ungefährlich war, sondern auch innerlich von seinen Freunden. Er verlor die Verbindung zu sich selbst und seiner Umwelt. Natürlich hatte es auch etwas Positives an sich, wenn er so hartnäckig sein Ziel verfolgte.
Immerhin hatte er so vor zwei Jahren diese wunderbare Halbinsel entdeckt.
Und Loki, dieser Troublemaker, hielt doch auch durch seine Eskapaden die Geschichte in der Edda am Laufen. Einmal bereitete er Odin, dem Chefgott, Ärger, das andere Mal haute er ihn in die Pfanne. Dann wieder rettete er ihn, indem er das Gold von Andwari, dem Zwerg in Hechtgestalt, beschaffte, damit sie sich bei den Riesen wieder frei kaufen konnten.
Herrmann fragte sich:
„Woher kommt meine Gier?
Woher meine Rastlosigkeit?
Warum benehme ich mich manchmal, als ob der Teufel in mich gefahren ist?
Warum bin ich dann so besessen?“
Aber er fand keine Antwort.

Krabbenhorst hatte ihn beim Hechtessen gefragt, ob es ihn ärgere, dass Tangoholger den Hecht gefangen hätte. Herrmann verneinte diese Frage.
Sie hatten alle drei die Beute an Land gebracht. Nein, das war es nicht.
Er ärgerte sich über sich selbst. Warum dauerte es oft solange, bis er etwas kapierte?
Warum verlor er sich bei seinem zielstrebigen Handeln? Er hatte wesentlich zum Erfolg beigetragen. Gier hatte ja auch etwas mit Neugier zu tun. Und wenn man die Dinge nicht übertrieb. Aber warum übertrieb er die Dinge so oft? Er hatte ja schon Ähnliches bei seinen Alkoholeskapaden erlebt. Er hatte damals einen unbändigen Willen entwickelt aufzuhören. Aber nach einem Monat der guten Vorsätze war es wieder so weit. In der Entgiftungsklinik erzählten sie ihm, dass Alkoholismus eine Krankheit sei. Die Ärzte behaupteten, eine genetische, vererbbare, die Psychologen, eine seelische. Gepaart mit seinem unbändigen Willen, war diese Krankheit doppelt fatal. Hätte er diese Willensstärke nicht gehabt, hätte er früher kapituliert und es einfach eingesehen, dass er Alkohol nicht vertrug, aber nein, er wollte kontrolliert Alkohol trinken lernen. Ein aussichtloses Unterfangen. Er konnte mit diesem Teufelzeug nicht umgehen.

Woher kam dieser fanatische Willen etwas erreichen zu wollen und sich dabei selbst zu vergessen?
Heute war es ihm das erste Mal gelungen, über seinen eigenen Schatten zu springen.
Er konnte loslassen und, überraschenderweise war das Erlebnis doppelt und dreifach so schön. Sie hatten zusammen die Beute erlegt.

Er hatte gewusst, wo der Hecht stand. Und wie sich das Tier verhalten würde.
Tangoholger hatte einen geschickten Wurf. Krabbenhorst hatte den Kescher parat. Und der alte Bettelmönch und der junge Zauberlehrling freuten sich und aßen einfach mit.
Aber wie lange hatte er für diese Erkenntnis gebraucht! Warum konnte er damals diese furchtbare innere Leere nicht aushalten und goss sie mit Alkohol zu? Warum diese Gier und Maßlosigkeit?
Manchmal hatte ihm diese Maßlosigkeit genutzt. Zum Beispiel bei den Schauspielproben. Er konnte tagelang proben. Immer dasselbe. Fast zwanghaft. Bis die Szene perfekt saß.
Er wollte perfekt sein, das war es. Und der Beruf forderte es, sonst gab es keinen Erfolg. Mittelmaß gab es in diesem Beruf nicht.
Seine Spuren der Verwüstung konnte er hier noch im Sumpf sehen. Das hohe Gras war an vielen Stellen platt gedrückt und vom schweren schwarzen Kanu niedergewalzt. Und draußen im Leben. Er hatte sogar noch Glück gehabt, dass er keine Familie mit ins Unglück gerissen hatte.
Den Schriftsteller Albert Camus fand er mit 18 Jahren so faszinierend, weil dieser die lähmende Enge im Herzen vor allem der Männer beschrieb.
Und der Autor nahm sich in seinem Roman „Die Pest“ selbst nicht aus.
War er auch so ein Mann? Ein erstarrter Held, wie Camus ihn beschrieb?
Natürlich war Herrmann klar, dass das Buch eine Reaktion auf die Gräuel des Ersten und Zweiten Weltkrieges und besonders auf den Algerienkrieg war.

Aber eine Lösung wusste Camus auch nicht. Der Arzt in seinem Roman besucht weiter die Kranken, obwohl es aussichtslos ist.
Das Leben ist grausam.

Herrmann zog damals seine eigenen verhängnisvollen Schlüsse daraus.
Schließlich landete er in dunklen und verräucherten Kneipen. Zum Schluss auf der Parkbank und in der Suchtklinik.
Der Hechtjäger fuhr wieder zum Basislager zurück.
In dieser Nacht schlief Herrmann tief und ruhig. Er hatte einen wunderbaren Traum. Er schwamm im gischtschäumenden Meer in der Nähe der Felsen. Er hatte Angst und konnte sich nur schwer über Wasser halten. Ab und zu tauchte er unter. Er verkrampfte sich dabei und kam gerade noch hoch. Da entschied er sich, den Kampf aufzugeben, und ließ sich untergehen. Ein Wunder geschah. Je tiefer er in den mit Luftbläschen durchwirbelten Sog geriet und tief ins Meer hinuntersank, desto besser konnte er atmen. Sein Brustkorb entspannte und weitete sich. Die Lungen füllten sich mit frischem perlendem Sauerstoff.

Herrmann fühlte sich am nächsten Morgen fast wie neugeboren. Als wäre er aus einer tiefen Depression aufgetaucht. Herrmann begann das Leben zu genießen.

Trauertipi

Sie waren jetzt fast drei Wochen hier draußen.
Tangoholger gebot ab und zu in gespieltem Befehlston, mehr Hechte zu fangen, da die Essensvorräte zur Neige gingen. Für zwei bis drei Tage würden sie noch reichen, aber sie müssten die Verpflegungstonnen, wie mit dem Kanuverleiher abgemacht, aus der Sandbucht holen. Außerdem leckte ein Kanu. Das Dichtungsmaterial war auch in einer der Tonnen. Und da Krabbenhorst und Tangoholger dieses Jahr zur Meditations- und Fastenritual rauswollten, bestand keine Gefahr, dass sie in Schwierigkeiten kamen; für die restlichen drei Männer reichte es auf jeden Fall. Einer müsse halt die Verpflegungstonnen holen.

Herrmann erklärte sich dazu bereit. Er wolle sowieso gerne noch einmal in die Wildnis, allerdings ohne zu fasten. Er wollte einfach vier Tage ohne die anderen genießen. Und da könne er die Tonnen auf dem Rückweg mitbringen.
Er habe sich seine besondere Stelle ausgesucht. Er wolle noch mal zum Initiationsstein. Und der lag zufälligerweise nur eine Stunde von der Sandbucht entfernt, wohin der Kanuschwede die Verpflegungstonnen bringen wollte.
So müssten Heinrich und Henry die Halbinsel nicht verlassen. Es wäre ja dann keiner mehr im Basislager. Die anderen stimmten Herrmann zu.

Zauberlehrling und Bettelmönch kamen von einer Paddeltour zurück und hatten fünf schlanke, übermannsgroße Kiefernstämme mitgebracht.

„Männer, wir haben eine Trockenkote und eine Erzählkote, ein Küchenzelt und viele kleine Zelte, aber wir haben kein Trauertipi. Die drei, die dieses Jahr rausgehen, aber auch wir im Basislager, müssen etwas Wichtiges erledigen. Es nützt nichts, etwas Neues zu beginnen, wenn das Alte noch da ist. Jeder Einzelne von uns muss Platz schaffen. Das Alte muss verabschiedet werden", sprach der alte Schweiger.

„Es gibt keine schlechten Verhaltensweisen. Wir brauchten sie, solange sie uns nutzten. Ich möchte vor allem Herrmann danken, dass er so lange auf dem Bahnhofsvorplatz meditiert hat."

Alle lachten und wussten, dass damit die Saufzeit des Hechtjägers gemeint war.

„Jeder schält seinen Kiefernstamm möglichst glatt und heute Nachmittag bauen wir dann das Trauertipi zusammen.
Heinrich und ich haben uns überlegt, dass jeder auf ein Blatt Papier schreibt, was sein größter Schmerz, seine größte Niederlage und sein größter Verlust im bisherigen Leben waren."
Der Zauberlehrling ergänzte:
„Ich habe noch die Pfeilspitzen mitgebracht. Diese werden auf einen kleinen Holzpfeil gesetzt und festgeleimt. Den Holzleim habe ich dabei. Auch Sehnen für einen Bogen, den ihr euch heute Nachmittag baut. Draußen schießt ihr

euren Pfeil ab. Ihr schießt euren tiefsten Schmerz weg und gebt ihn damit frei. Aber vorher schreibt ihr ihn auf dieses Blatt.“

Herrmann war beeindruckt. Die beiden hatten sich ja mächtig ins Zeug gelegt.

Bald begannen die fünf Männer, die Bäume mit der Axt und ihren großen Messern zu schälen. Plötzlich kam der Zauberlehrling aufgeregt mit seinem kleinen Rucksack.
„Hier an meinem Rucksack klebt Blut!“
„Tatsächlich - Blut!“
Henry konnte das als ehemaliger Krankenpfleger sofort bestätigen. Es waren zwei rotbraune Flecken zu sehen. Sie hatten die gleiche Farbe wie die Blutspritzer auf Holgers Hemd ein paar Tage nach der Schlägerei am Stockholmer Bahnhof.
„Ich habe mein Schnitzmesser gesucht.“
Vom Hecht konnte das auf keinen Fall sein. Den hatten sie ganz woanders ausgenommen.
Krabbenhorst hatte die Idee, dass der schwedische Kanuverleiher wahrscheinlich Fleisch für seine Schlittenhunde transportiert hatte. Der Rucksack des Zauberlehrlings hatte unter dem Vordersitz des Landrovers gelegen.
Der Kanuschwede nervte wirklich. Wahrscheinlich hatte er irgendwo eine Leiche verbuddelt. Und seine blutroten Beine kamen nicht von den vermatschten Moskitos, sondern stammten von einem Mord. Vielleicht hatte er auch einen kleinen Bären überfahren. Das kam tatsächlich ab und zu in Nordschweden vor, wenn die Jungtiere von den Muttertieren verlassen wurden.

„Und dann hat er ihn mit seinem Riesendolch mit dem Elchkopfknauf ausgenommen, und abends gab es dann Bärentatzen für die gesamte Familie",
phantasierte Herrmann filmreif.

Als sie ihre Trauerpfähle schälten und ihre großen Niederlagen des Lebens aufschrieben, witzelten die Kandidaten, dass sie eigentlich gar nicht mehr hinausmüssten. Sie wüssten schon genug und hätten auch genug gelitten im Leben und alles gelernt. Herrmann sei nicht mehr hechtsüchtig, und seine Lehr- und Wanderjahre seien jetzt mit 53 Jahren endgültig vorbei. Er sei ein wahrhaft reifer Mann. Tangoholger habe sich kurz vor Weihnachten von Katharina getrennt und damit eine klare Entscheidung getroffen. Der Medizinbeutel mit den verschwundenen Symbolen vom letzten Jahr habe bereits gewirkt. Das war allerdings nicht ganz ernst gemeint.

Was würde aber tatsächlich auf dem Blatt der Männer stehen?
Welcher Verlust würde am Schaft des Pfeiles kleben, wenn sie ihn abschossen?
Der Zauberlehrling mischte sich ein und zog einen Zettel aus der Tasche.
Dass er auf den Punkt kommen wollte, hatte er letztes Jahr ja schon bewiesen, aber was hatte er jetzt vor?
Sie sollten nicht den Pfeil und Bogen mit der Idee bauen, eine Zielscheibe treffen zu wollen. Es gehe mehr um das Atmen und die Körperspannung dabei, lehrte sie der zukünftige Krankengymnast. Die Betonung lag auf

der Achtsamkeit für das gegenwärtige Handeln und das Geschehen.
Dann wurde er sogar poetisch:
„Schickt den Pfeil flüsternd auf die Reise!“, sprach er fast wie ein alter Zen-Meister. Und dann belehrte er weiter: „Die traditionelle Kunst des Bogenschießens ist mehr eine Lebenseinstellung als eine Technik.“

Krabbenhorst roch das alles doch ein wenig zu sehr nach Zen und der Kunst des Bogenschießens. Der Kapitän des Wissens prüfte den jungen Zauberer und fragte, ob er wohl einen kleinen Rückfall habe in Bezug auf sein Ziel, die Ausbildung zu beenden, und warum er seine Pfeilspitzen mitgebracht habe. Doch wohl, um auf den Punkt zu kommen. Und jetzt fange er wieder mit Zenkram an. Dann murmelte er nur noch: „Paradox.“
Krabbenhorst hatte manchmal etwas Unerbittliches.

Da kam der alte Meister und Bettelmönch dem jungen Zauberlehrling zu Hilfe.
„Wir Männer nutzen unsere Atemkapazität nur zu einem Drittel. Wir atmen so, als ob wir einen Wagen mit Achtzylinder-Motor nur auf drei Zylindern fahren und dazu noch die Handbremse angezogen haben. Falsches Atmen lähmt uns, und dann sind wir nicht richtig wach.“

„Ach deswegen sein Gedicht mit den schläfrigen Mönchen“, dachte sich Herrmann.
Die beiden hatten sich in der Bummelbahn doch ganz schön viel ausgedacht.
Herrmann war wieder einmal neidisch.

Dann gab ihnen der junge Meister Heinrich die Bogenbauanleitung.

Es war Nachmittag.

Sie stellten sich im Kreis auf, ganz weit hinten auf dem rückwärtigen Teil der Halbinsel, so dass man sie wirklich nicht mehr sehen konnte. Jeder hielt seinen Stamm in der Hand. Unterhalb der Spitze hing ein mit einem Blatt Papier umwickelter Stein. Sie schauten sich an und atmeten ruhig.
Dann lehnten sie die Stämme an den dünnen Spitzen so aneinander, dass sie sich ein klein wenig verhakten. Ihre offene Hand war noch bereit, das nackte Bäumchen aufzufangen, falls das Trauertipi sich nicht im Gleichgewicht hielt. Erst nach mehreren Versuchen gelang es ihnen, das Denkmal der eigenen Enttäuschungen und schmerzlichen Verluste aufzustellen. Als es endlich so weit war und das Gewicht der Verluste in Form der Steine das Trauertipi durch die eigene Schwerkraft zusammenhielt, gingen sie vorsichtig einen Schritt zurück.
Dann schauten sie noch einmal auf die Steinsenkbleie der Niederlagen, die zum Erdmittelpunkt zeigten. Sie drehten sich entschlossen um und gingen wieder zum Feuerplatz zurück.

Am Feuer wies der Alte darauf hin, dass die Stämme später in einer gemeinsamen Feier verbrannt würden. So würden ihre Verluste sogar noch ein wärmendes Feuer ergeben.

Erfahrung mit dem Tod

Herrmann war unkonzentriert.
Sein Hang zum Selbstmitleid und zu Sentimentalitäten und romantischen Gefühlen kam durch. Er fühlte sich schwach, er bekam kaum noch mit, wie sie sich mit Krabbenhorsts aktueller Ehekrise beschäftigen. Als die anderen mit Tangoholger sprachen, hörte er am Rande, dass die Arbeit als Seminarleiter viele Entbehrungen mit sich bringe, während der Job als Umweltingenieur ja nützlich und sehr gut bezahlt sei. Tangoholger überlegte, ob er zu Beginn der Selbstständigkeit als Leiter einer kleinen Tangoschule die zu erwartenden Defizite durch private Umweltgutachten ausgleichen könnte. Sein Herz hing wirklich am Tanzen und vor allem am Tango. Das Führen und das Sich-führen-Lassen, Richtung vorgeben und sich hineinfühlen können und fallen lassen, waren für ihn bei diesem Tanz besonders spannend. Schwierig zu verstehen war für die anderen nur, wenn er behauptete, dass er jetzt schon so weit sei, dass Führen und Fühlen so miteinander verschmelze, dass es schon fast egal sei, wer führe, der Mann oder die Frau.

Herrmann war innerlich wieder mit seinem Thema beschäftigt. Er erinnerte sich an seine Hilflosigkeit von damals, weil das Buch des Franzosen ihm auch keine Lösung für das Leben angeboten hatte. Albert Camus, den er wegen seiner brutalen Wahrheiten über die Menschen bewunderte, hatte, wie er sich erinnerte, einen Autounfall, über den man damals spekulierte, ob es nicht doch ein verdeckter Selbstmord war.
Im Zeitgeist hätte es ja gelegen sich umzubringen. Die Intellektuellen empfanden das Leben als einzige Hölle,

in der es kaum Hoffnung gab. Merkwürdigerweise wäre für Herrmann selbst in dieser einsamen und verzweifelten Zeit Selbstmord nicht in Frage gekommen.
Aber war Saufen nicht auch ein Selbstmord auf Raten, ein langsamer Abschied aus der Welt?
Und gab es nicht eine verdeckte Art des Abschieds vom Leben durch permanentes Selbstmitleid und lebensferne Träumerei?
Herrmann wurde klar, dass er damals erstarrte und nur noch so funktionierte, wie er glaubte, dass ein Mann zu funktionieren habe.
Innerlich war er nach und nach zu Eis geworden. Eine furchtbare Depression kam auf ihn zu, ohne dass er sie als solche wahrnahm.
Der Alkohol war dann wie Feuerwasser, das dieses Eis auflösen sollte. Hätte er keinen Alkohol getrunken, hätte er sich vielleicht aus Verzweiflung tatsächlich umgebracht.
Er war wohl schon immer ein Romantiker gewesen, der sich den Realitäten und schmerzlichen Gefühlen von Isolation und Trennung nicht so richtig stellen wollte oder konnte. Aber jetzt war es so weit. Jetzt mit über 50 Jahren.
Dennoch war diese besondere Sehnsucht nach Verschmelzung und Verbundensein in ihm immer noch da.
War ihm damals ein Teil seiner Seele abhanden gekommen?
Hatte er sie an den Teufel verkauft?
Vielleicht hatte er deshalb ein Faible für die Teufelsgestalten in den Mythologien der Völker: Mephisto in Goethes Faust, Loki in der Edda, Exu im Condomble-Kult der Brasilianer.
Wenn er sich mit ihnen beschäftigte, war er seiner Seele ein Stück näher.

Keiner konnte ihm damals helfen. Sein Vater war selbst krank und depressiv, und die meisten an der Schauspielschule um ihn herum schimpften arrogant über ihre Väter und deren Versagen in der Nazizeit. Er machte bei dieser „Vateraustreibung" auch mit. Beim Fußballspielen und im Wettkampf befreite er sich von seinen aggressiven Stimmungen und seiner unterdrückten Wut. Danach wurde dann getrunken. Aber irgendwann ekelten ihn die blökenden Männerhorden bei Fußballspielen an. Aber die intellektuellen Softies, die die unterdrückten Frauen retten und sich doch nur bei Mama beliebt machen wollten, bereiteten ihm fast noch größeres Unbehagen.
Wo sollte es hingehen?
Wo sollte er hingehen?
Wieder stand er alleine da.
Was war richtig?
Vielleicht hatte er reife Männer, die ihn als jungen Mann hätten unterstützen können, zu diesem Zeitpunkt gar nicht mehr wahrgenommen.

Herrmann baute seinen Bogen aus einer kleinen Birke und seinen Pfeil weiter nach der Anleitung des Zauberlehrlings.

Es war der letzte Abend vor den Einsamkeitstagen in der Wildnis.
Der Alte sah, dass die Männer mit ihrer Vergangenheit beschäftigt waren.
„Ich weiß, Männer, so eine Inventur im Innern ist nicht einfach. Wenn ihr alleine dort draußen seid, denkt nochmals an eure schmerzhaften Verluste. Seid froh, dass ihr sie gehabt habt. Sie sind Orientierungspunkte. Sie können zu geheilten Wunden und zu wertvollen Narben

werden, die euch und später anderen Kraft geben, sich an das zu erinnern, was wesentlich ist. Aber lasst sie los! Am besten am dritten Tag. Schießt dann den Pfeil ab. Aber vorher macht ihr noch eine besonders kraftvolle Übung. Ihr legt euch zum Sterben hin. Mitten im Wald. Flach ausgestreckt wie ein Sterbender eben. Macht vorher einen Steinkreis. Ein Stein bildet das Ein- und Ausgangstor in und aus diesem Kreis.

Ihr bleibt ungefähr eine Stunde in dieser Todeshütte. Versucht das einzuschätzen, auch ohne Uhr. Wenn ihr im Kreis liegt, überlegt ihr euch, was euch am wichtigsten wäre, was ihr in eurem Leben noch tun wollt, wenn ich als euer Arzt sagen würde, dass ihr nur noch ein Jahr zu leben habt.

Der Tod ist der mächtigste Verbündete, den ein erwachsener Mann hat. Auch wenn ihr das nicht glauben wollt.

Was möchtest du noch in diesem einen Jahr tun?

Wozu hast du Lust?

Was macht Sinn?

Ich sage euch, ein wirklich reifer Mann hat diese Übung mindestens einmal in seinem Leben gemacht.

Seid euch im Klaren darüber, es kann euch jederzeit treffen durch einen Autounfall, durch eine Krankheit.

Und wer weiter gehen will:

Bedenkt, was auf eurem Grabstein stehen soll.

Welcher Satz, der darauf eingemeißelt ist, sagt etwas über einen wesentlichen Wert aus, für den ihr steht?

Wovon seid ihr überzeugt in eurem Leben?

Was wollt ihr an die Nachkommenden weitergeben?

Ihr könnt sogar überlegen, wer bei der Beerdigung dabei sein soll. Das bringt einiges auf den Punkt und die Dinge in ein angemessenes Verhältnis. Bleibt aber wirklich nur eine Stunde im Kreis.

Der Sog des Todes kann stark sein. Vergiftet euch nicht mit der Todesmedizin.
Wenn ihr diese Übung ernsthaft macht, dann wirkt auch der Schmerz über eure große Niederlage und über den Verlust nicht mehr so heftig.
Ich wünsche euch eine gute Nacht und gutes Gelingen.
Kommt gesund wieder zurück. Ich möchte morgen früh ausschlafen."

Dann verschwand er in seinem kleinen Zelt.

Merkwürdige Begegnungen

Herrmann marschierte zu einem der weißen windschnittigen Kanus. Seine neue Angel nahm er mit. Aber nicht zum stressigen Hechtefangen, davon war er erlöst.
Er wollte Zielwerfen üben. Genießerisch spielend so wie Tangoholger, den er ob seiner Eleganz beim Werfen bewunderte. Die präzise Koordination von Körperbewegungen hatte ihn schon immer fasziniert. Den Kescher ließ er im Basislager, so dass er wirklich nicht in Versuchung kam. Einen Hecht mit Pfeil und Bogen zu erlegen war ja unmöglich, er konnte nicht stundenlang ruhig und meditativ im eiskalten Wasser stehen wie ein Amazonasindianer.

Bevor er in sein Gefährt stieg, blickte er noch einmal zum Hechtkopf zurück. Er war mit seinen Fangzähnen zu einer fiesen Dämonenmaske geworden. Fliegen umsummten ihn.
Er stank immer noch. Die Fischhaut wurde immer lederartiger. Die Augen waren nach innen gerutscht. Der Dämon sah lebendig aus.

Die Naturvölker veranstalten versöhnliche Jagdrituale zur Besänftigung des Geistes des Tieres, das sich geopfert hatte. Für sie waren Tiere Verwandte und Mitgeschöpfe. Sie dagegen hatten sich den Hecht einfach so schmecken lassen. Im Eifer des Gefechts hatten sie sogar die Eingeweide über Nacht liegen lassen und sie von Ameisen übersät erst am nächsten Morgen begraben.
Waren sie würdige Jäger?

Wenn er an das letzte Jahr und seine stümperhafte Jagd damals dachte, bestimmt nicht.
Herrmann wurde etwas mulmig. Dabei hatte gerade er den jungen Männern den Unterschied zwischen dem weißen Mann und dem roten Mann beibringen wollen.
Wie jagt der weiße Mann? Wie der rote Mann?
Herrmann wurde wieder einmal deutlich, dass er sich selbst nicht immer an die Prinzipien hielt, die er für andere aufstellte.

Krabbenhorst und Tangoholger paddelten zusammen in einem Kanu auf die andere Seite des Sees. Sie hatten sich dasselbe Gebiet ausgesucht wie Heinrich und Henry im letzten Jahr. Die Himmelsrichtung war Nord-Ost. Jeder der drei Männer hatte vorher noch einmal gewissenhaft seine Ausrüstung überprüft. Nach vier Tagen und vier Nächten wollten sie sich wieder auf der Halbinsel treffen.
Zauberlehrling und Bettelmönch hielten in ihrem wilden Zuhause auf der geschützten Halbinsel die Stellung.
Als Herrmann vom Ufer des Basislagers ablegte, erkannte er am Hals des fröhlich winkenden Zauberlehrlings das Barfußamulett.
Hatte der Meister ihm noch mehr seiner Geheimnisse übertragen?
Barfußlaufen im Wald?
Herrmann grinste diabolisch und war wieder einmal neidisch. Dann schaute er nach Süden und zog mit kräftigen Paddelschlägen davon.
Zwei volle Stunden würde er brauchen bis zum Kletterfelsen, dann müsste er den See überqueren. Nach einer weiteren Stunde kam die Sandbucht, in der die Verpflegungstonnen mit dem zusätzlichen Proviant, dem Dichtungsmaterial und der fehlenden Schwimmweste lägen.

Kaum waren die drei Wildnissucher außer Sichtweite, fand der Zauberlehrling beim Lagerfeuer ein weißes beschriftetes Papierchen:
„Anleitung zur Verreibung zwecks Herstellung eines homöopathischen Heilmittels. Rührschüssel aus Porzellan. Porzellanstößel mit rauem Kopf. Milchzucker."
Und dann das, was zu tun war, um ein homöopathisches Heilmitel herzustellen.
Wollte Tangoholger, der Umweltingenieur, Waldkräuter oder Rinden verreiben? Heinrich steckte den Zettel in seine Hosentasche.
Irgendjemand musste er ja gehören. Hier hatte anscheinend jeder so seine Zettel und Bauanleitungen oder Ähnliches dabei.
Henry seine Bildgeschichten, Krabbenhorst die Kanuanleitung, Tangoholger diesen homöopathischen Kram, Herrmann sein zerfleddertes Buch. Er selbst die Anleitung zum Pfeil- und Bogenbauen.
Sie wollten sich anscheinend gegenseitig erziehen, um reife Männer zu werden.

Herrmann steuerte zu dem großen Hechtsprungfelsen, an dem er letztes Jahr die Gummistiefel und den anderen Schrott gefunden hatte. Die Sterbeübung, die der alte Henry vorgeschlagen hatte, fand er interessant.
Aber konnte man im Voraus wissen, wie man sich verhalten würde, wenn man wirklich todkrank war und sterben musste? Er hatte gehört, dass selbst große Meister menschlich ziemlich unangenehm bis eklig angesichts des Todes werden konnten. Auch Meister starben nicht so souverän, wie sie es geplant hatten. Er musste aller-

dings zugeben, dass die Übung ein Anstoß war, darüber nachzudenken, was einem im Leben wirklich wichtig war.

Der Franzose, der ‚Die Pest' geschrieben hatte, hatte geraten, besser nicht an Gott zu glauben und dafür mit aller Kraft gegen den Tod zu kämpfen.
Für Camus war die Pest und das damit verbundene qualvolle Sterben keine schicke Meditation gewesen, sondern eine Niederlage ohne Ende.
Für Herrmann ließ sich das Leben nicht nur meditativ und friedlich bewältigen. Sarkastisch bezeichnete er in einer inneren Zwiesprache die Männer als Zenleichen, wenn sie immer nur still da saßen und wichtig dreinschauten. Er liebte das kämpferische und kraftvolle Tun. Danach fühlte er sich entspannt und wohlig.
Er stieß das Paddel noch exakter und kräftiger ins Wasser und genoss seine zügige Fahrt auf dem wunderschönen See. In manchen Männergruppen wurde Genießen immer mit dem Soften, Zärtlichen verbunden. Da hätte er ja gleich häkeln können. Sollte der Rest doch seine Spielchen machen und seine depressiven Einstellungen pflegen und kultivieren.
Auf der Höhe des Felsens angekommen, hielt er kurz an und holte die fünf Hechtzähne, die er sich aus dem vergammelten Hechtkopf herausgebrochen hatte, aus der inneren Seitentasche seines Anoraks, schaute sie sich nachdenklich an und fand, dass es an der Zeit war, dass Männer mal wieder mehr Biss zeigen sollten.
Dann ließ er die Zähnchen wieder in der Tasche verschwinden.

Er blickte hinüber zum Initiationsstein. Dort drüben würde er seine vier Tage und Nächte genießerisch verbringen.
Er war jetzt an der engsten Stelle des Sees.
Wahrscheinlich war hier früher ein Wasserfall gewesen, und der obere See hatte sich in den unteren gestürzt. Der besondere Kletterfelsen passte in dieses Bild. Nachdem die Staumauer 30 Kilometer weiter unten errichtet worden war, waren beide Seen auf gleichem Niveau. Der Vater des Elchjägers hatte ihm letztes Jahr davon berichtet.
Herrmann überquerte den See. Die Sandbucht war nicht mehr weit.
Es fing an zu regnen. Als er in der Sandbucht ankam, war die Tonne nirgends zu sehen. Herrmann paddelte ein Stück zurück, dann ein Stück über die Sandbucht hinaus.
Vielleicht hatte dieser chaotische Kanuverleiher die Tonne doch beim Elchjäger abgestellt?
Oder hatte er sich im Datum geirrt?
Gestohlen hatte sie niemand. Das war in dieser Gegend nicht möglich. Niemand war zu sehen.

Herrmann beschloss zum Haus der Elchjägerfamilie zu paddeln. Das kostete ihn eine Stunde. Er freute sich schon auf die Begegnung mit ihnen. Vielleicht war auch die Blondine wieder da?
Als er ankam, waren alle Fensterläden des Hauses geschlossen. Niemand war da. Die Verpflegungstonnen hätten weithin sichtbar deponiert sein sollen. Er ging um das Haus herum.
Plötzlich hörte er Stimmen.

Die Haustür war verschlossen. Die Moskitonetztür lehnte an der Hauswand. Herrmann klopfte. Nichts tat sich.
Wo war nur die Tonne? Er ging noch einmal um das Haus herum.
Deutlich hörte er Stimmen. Es klang eindeutig schwedisch.
Herrmann blickte von der hinteren Seite des Gehöfts zum Seeufer.
Er erblickte ein neues modernes Wasserflugzeug, das leicht auf den Wellen schaukelte. Er erschrak.
Ein Fensterladen direkt neben ihm wurde geöffnet.
Ein ihm unbekannter Schwede fragte etwas.
Herrmann verstand nicht und fragte, ob er Englisch spreche.
Der Mann grinste und sagte: „No", und schloss wieder den Fensterladen.
Herrmann wurde unsicher.
Was sollte er nur tun?
Hatten sie die Verpflegungstonne weggepackt oder erlaubten sich gar einen üblen Scherz?
Er suchte das ganze Gelände ab. Dann klopfte er noch einmal an die Tür.
Niemand öffnete.
Herrmann blieb nichts anderes übrig, als zurück zur Sandbucht zu paddeln und noch einmal nachzuschauen.
Unterwegs überlegte er, ob er es morgen noch einmal beim Elchjäger probieren sollte. Morgen oder am Ende der vier Tage. Sie hatten kaum noch etwas zu essen. Der Kanuverleiher war zwar ein wenig schräg, aber so blöd konnte er doch gar nicht sein, die Absprache zu vergessen.
Herrmann hatte den ganzen Tag nichts gegessen. Jetzt war auch er noch zum Hungern verurteilt wie Krabbenhorst und Tangoholger. Aber die taten das freiwillig, dann konnte man das Fasten nennen. Dabei wollte er doch die vier Tage einfach genießen!

Der Regen hatte aufgehört. Der See war ruhig.
Herrmann bekam aus Südwest Rückenwind. Bei seinem lieben Felsen wieder angekommen, erblickte er sofort sein Mandalazeichen vom letzten Jahr. Deutlich war der Kreis noch im Stein zu sehen.
Die Feuerstelle allerdings war frisch, das wenige Gras drum herum verbrannt. Vor kurzem musste irgendein Camper oder Kanufahrer hier gewesen sein. Ab und zu gab es hier doch Durchreisende. Ob sie die Tonne unten an der Sandbucht mitgenommen hatten?

Auf den Felsen wollte er nicht hochklettern, er wollte sich seine Kräfte einteilen. Wer wusste, was noch an Überraschungen auf ihn zukam?
Herrmann zündete ein Feuer mit Birkenrinde an.
Wo sollte er sein Zelt aufstellen? Hinter den Birken?
Bei der Steintafel, auf der die Inschrift eingraviert war?
Er begann mit den ersten schwedischen Worten und übersetzte frei aus der Erinnerung:

„Klängstenen
Kletterstein
Gammalt historisk minnesmärke
Altes geschichtliches Denkmal
Alla unga män som tänke fria, mäste förstse
om han kunde besegra klängstenen.
Jeder junge Mann, der zu freien gedachte, musste zuerst sehen, ob er den Kletterstein bezwingen konnte.“

Als er hinter die umliegenden Büsche trat, erschrak er und blieb wie erstarrt stehen. Ein riesiger schwarzbrauner Rentierhirsch mit knielanger Halsmähne schaute ihn aus kurzer Entfernung ruhig äsend an. Ein herrlicher

Macker. Weiter hinten graste seine Herde. Herrmann freut sich.
Majestätisch sahen diese halbwilden Tiere aus, die meist von der samischen Bevölkerung zur Milch- und Fleischgewinnung gehalten werden.
Jetzt dämmerte ihm auch, woher die Gummistiefel, das Messer und auch die Feuerstelle stammten.
Herrmann stellte sein Zelt in Seenähe auf.
Er wollte nicht ständig von den neugierigen Rentieren umgeben sein.
Das Schneescooterpiktogramm steckte wieder auf dem Pfahl. Es zeigte allerdings zum Himmel. Das alte hatten sie letztes Jahr bei der Rückfahrt in der Nähe aus dem See gefischt.
Das neue zeigte auch nicht in die richtige Richtung. Anscheinend war das hier nicht so wichtig, wenn man wusste, wohin man wollte.
Hier war die engste Stelle des Sees und damit basta. Das wussten wohl die erfahrenen Scooterfahrer und querten im Winter hier die 150 Meter zur anderen Seite hinüber.

Dass die Herde jetzt im Sommer nicht oben auf dem Fjäll in den Bergen graste, wies darauf hin, dass sie domestiziert war und jemand in der Nähe gehören musste. Denn die wilden Tiere flüchteten im Sommer normalerweise vor den Moskitoschwärmen in die Berge. Bei seinem abendlichen Rundgang fand er ein halb im Sumpf liegendes Rentierskelett.

Die Sache mit der Verpflegungstonne machte ihm Sorgen.
Wann sollte er noch einmal in die Sandbucht fahren? Er wollte seine Kräfte nicht vergeuden. Zwei Tage unbe-

absichtigtes Fasten konnte er aushalten. Dann war die Verpflegungstonne bestimmt in der Sandbucht angekommen, oder er musste spätestens dann zum Basislager zurück und die anderen benachrichtigen.

Zum Zeitvertreib begann er am nächsten Tag mit seinem alten Blinker, der sowieso schon verbogen war, mit dem Zielwerfen. Er legte eine verrostete Blechbüchse in zehn Schritten Entfernung auf die Erde. Dann begann er den eleganten Tänzer nachzuahmen.
Es sah ja keiner. Immer häufiger landete der Blinker in der Nähe der Blechdose. Einmal traf er sie sogar mit einem hellen Klacken.

Herrmann machte Pause.
Er warf den verdreckten Blinker einfach in den See, um ihn zu säubern.
„Mist“, fluchte Herrmann leise.
Der Blinker hatte sich verfangen. Er musste ins eiskalte Wasser steigen, um den Haken zu lösen. Herrmann zog Schuhe, Strümpfe und seine lange Hose aus und watete hinein.
Doch das war kein „Hänger“.
Da zog etwas aus unbekannter Tiefe, ein Fisch war an der Angel!
Herrmann gluckste. Er hatte einen an der Angel, den er gar nicht wollte. Es musste ein großer, kräftiger Fisch sein. Er hatte sich fest in den Blinker verbissen.
Was sollte er jetzt machen ?
Er ging wieder an Land und zog, halbnackt wie er war, den Fisch heran. Er hatte einen kapitalen Hecht an der Angel.

Herrmann hatte keinen Kescher dabei.
Aber wie konnte er den Hecht wieder los werden? Herrmann blockierte die Angelschnur, die sich daraufhin anspannte, aber der Raubfisch riss sich nicht los. Er zog ihn mit einem Schwung an Land.
Da lag das goldglänzende Tier vor ihm.

Herrmanns Gehirn suchte verzweifelt nach Argumenten, den Hecht behalten zu können. Eins war „Der Fisch ist bestimmt verletzt und es ist besser ihn zu töten als ihn leiden zu lassen“, das nächste „Es gibt so viele Hechte und sie fressen nur die jungen Forellen.“ Wieder eins „Du hast Hunger - und Hunger ist etwas natürliches“, und so weiter und so fort.

Herrmann aber wollte nur für dieses Mal seiner Pest, die ihm in Gestalt von Habgier erschien, widerstehen, trotz eines enormen Sogs in seinem Inneren. Seine Besessenheit, seine Hartnäckigkeit, und sein starker Wille, die ihn schon von früher Jugend an beherrscht und vergiftet hatten, lauerten auch dieses Mal in einer verborgenen Ecke seiner Seele.

Doch Herrmanns Herz sagte trotz des enormen Hungers und der inneren Leere „nein“!
Dabei sprang er wieder über seinen eigenen Schatten, wie schon in der Situation mit Tangoholger, als Herrmann aufgab und bereit war, den Hecht in der Sumpfbucht nicht alleine zu fangen.
Es ergab sich aus diesem „Nein“ sogar ein Vorteil, denn er konnte sich dadurch auch den Stich ins Herz des Tieres sparen.

Ersparte er sich dadurch auch einen Stich ins eigene Herz?
Herrmanns alte Wunden heilten Stück für Stück bei diesem Wildnisaufenthalt.

Hektisch suchte Herrmann nach einem Stöckchen, um das Maul des Hechtes aufzusperren. Er musste sich beeilen. Der Hecht lag ruhig da.
Seine Kiemen bewegten sich noch leicht. Hoffentlich verendete das schöne Tier nicht.
Es gelang ihm, den Blinker zu lösen.
Dann ließ er das Tier wieder ins Wasser gleiten. Der Hecht trieb einen kurzen Moment irritiert in Ufernähe. Dann schoss der braunrot- goldglänzende Schlangenpfeil davon und tauchte in die Tiefe weg.
Herrmann hatte das Gefühl, als ob er beim Freilassen des Hechtes einen Teil seiner verloren gegangenen Seele wieder gefunden hätte.
Er hatte seine Gier bezwungen. Hungernd fühlte er sich satt. Ein feiner Zug von Melancholie umhuschte sein Herz.

Herrmann blutete am Finger.
Er hatte sich doch an den scharfen Zähnen geritzt.
Am nächsten Tag beschäftigte sich Herrmann zur Ablenkung von den Hungergefühlen wieder mit Pfeil und Bogen.
Es ging ja darum, den Pfeil der Verluste loszuschicken. Aber er wusste gar nicht mehr so richtig, warum er diese Übung machen sollte. Also schoss er den Pfeil mit der metallenen Spitze durch die Gegend und zielte auf alte morsche Baumstümpfe, die es an diesem Platz zur Genüge gab.

Sein Magen knurrte. Sollte er heute die Verpflegungstonnen holen?
Von der Kanustation brauchte es seine Zeit. Er gab dem Kanuschweden noch etwas Zeit bis zum späten Nachmittag. Wenn er sie dann nicht fand, musste er zum Basislager zurück. Das würde er noch schaffen.
Er könnte ja auch versuchen, eines der Birkhühner zu erwischen, die es in dieser Gegend häufig gab. Vielleicht hatte Heinrich deswegen die metallenen Pfeilspitzen besorgt?
Sein Hunger beflügelte solche Phantasien, das wollte sich Herrmann verzeihen. Vielleicht jagten der alte Meister und sein Schüler im Basislager Birkhühner und knabberten fröhlich an dem zarten Fleisch.
Herrmann schmunzelte über sich selbst. Ihm fiel der frei gelassene Hecht wieder ein.

Plötzlich knackte es hinter ihm im Gebüsch. Herrmann schaute sich um und wartete auf den neugierigen Rentierhirsch. Ein Mann mit einem mächtigen Jagdgewehr stand vor ihm. Es war der Elchjäger. Herrmann wollte ihn im ersten Moment freudig begrüßen, merkte jedoch, dass er den Pfeil mit der metallenen Spitze und den großen Birkenbogen in der Hand hielt. Wie in jedem Naturschutzgebiet war diese Form der Jagd strengstens verboten. Er ließ beide Hände sinken und wurde noch blasser, als er es vom unfreiwilligen Fasten sowieso schon war.
Sein entzündeter Finger pochte und schmerzte.

„Hello, my friend!“, der Elchjäger grinste.
„What are you doing here?“

Herrmann war sprachlos. Er hatte einen ausgewachsenen Flitzebogen mit einem Pfeil in der Hand, der eine spitze Stahlkappe trug.
Er hatte zwar ein reines Gewissen, doch wie sollte er dem jungen Jäger erklären, was für einen Blödsinn sie hier machten?
„Nice arrow."
Sein Gegenüber ging ruhig auf ihn zu, begutachtete argwöhnisch das verbotene Jagdwerkzeug und nahm ihm gleichzeitig das gefährliche Gerät aus der Hand.

Dann sprach er etwas Schwedisches in sein Handy, holte sein Fernglas heraus und schaute auf die andere Seite des Sees. Herrmann blickte auch hinüber. Jetzt erkannte er, dass sich auf der anderen Seite ein Geländefahrzeug bewegte. Der Schwede fluchte, drehte sich und rief noch „Go home!" und verschwand samt Pfeil und Bogen so plötzlich hinter dem Gebüsch, wie er gekommen war.

Herrmann stand verdutzt da.
Minuten später hörte er ein Motorboot. Gleich darauf sah er in ihm den Elchjäger, wie er über den See Richtung Landrover fuhr. Jetzt hörte Herrmann auch den Landrover auf der anderen Seite des Sees aufheulen. Der Geländewagen schob sich langsam einen steilen Berg hoch.
Was war hier los? Das Geländefahrzeug sah aus wie der Landrover des Kanuverleihers. In was für einen Film war er hier hineingeraten?
Gab es denn dieses Jahr nur Schwierigkeiten?
Über ihm flog ein Wasserflugzeug Richtung Basislager.
War das hier ein Manövergebiet oder ein Naturschutzreservat?

Sein Finger schmerzte noch mehr, er wurde immer dicker.

Herrmann beschloss ins Basislager zurückzukehren.
Er wollte den anderen mitteilen, dass sie die Verpflegungstonnen holen mussten. Er konnte auf die Entfernung nicht erkennen, ob der Schwede sie an der verabredeten Stelle abgestellt hatte. Durch das unfreiwillige Fasten fühlte er sich doch sehr geschwächt. Er brauchte ja über zwei Stunden bis zum Basislager zurück. Wenn er zur Sandbucht paddeln würde, wären es zwei bis drei Stunden mehr.
Herrmann packte seine Sachen zusammen.

Mühevoll kämpfte er sich am Ufer entlang. Ihm war schleierhaft, was gerade hier am See vor sich ging. Nach einiger Zeit brauste das kleine Wasserflugzeug wieder über ihn hinweg, in die entgegengesetzte Richtung zum Elchjägergehöft.
Wurden sie hier verdächtigt, illegal zu jagen?
Hatte der Kanuverleiher Dreck am Stecken und deswegen die Verpflegungstonnen nicht beim Elchjäger abgeliefert?
Tausend Fragen gingen Herrmann durch den Kopf.
Hatte der Kanuverleiher sich vielleicht illegal Rentierfleisch für seine Schlittenhunde besorgt?
Stammte das Blut am Rucksack des Zauberlehrlings von solchen heimlichen Fleischtransporten?
Waren die blutroten Beine gar nicht von den Moskitos?
War das der Fluch des Hechtes?

Herrmann musste aufpassen, dass er in seiner phantasievollen Art nicht übertrieb. Aber der Schwede war auf der

Fahrt hierher so nervös gewesen. Er hatte auch eine ganz andere Route genommen.

Wollte der Kanuschwede den Verdacht auf sie lenken, dass sie hier im Naturreservat wilderten?

Wieder brauste das Wasserflugzeug über ihn hinweg. Dann schwenkte es auf die andere Seite des Sees. Dort drüben erkannte er auch das Motorboot.

Was suchten die bloß?

Rückkehr mit Hindernissen

Tangoholger, Krabbenhorst und Herrmann kamen fast zeitgleich im Basislager an. Alle Drei sahen blass und erschöpft aus.
Es hatte angefangen zu regnen und zu stürmen.
Der Wind blies wieder einmal heftig aus Nordwesten von den Bergen herunter.

Heinrich und Henry waren in heller Aufregung. Der Zauberlehrling berichtete, dass der Elchjäger da war und dass sie im Naturreservat eine Bande suchten, die Rentiere stehlen.
Er habe gefragt, was sie mit dem Kanuverleiher zu tun hätten.
Und es wäre sowieso besser, sofort zu verschwinden!!
Tangoholger und Krabbenhorst hatten auch das „Go home!" zu hören gekriegt. Der Elchjäger war just in dem Moment bei ihnen aufgetaucht, als sie als „Leichen" mitten im Wald lagen und ihre meditative Sterbeübung praktizierten.
Herrmann grinste trotz seiner Schwindelgefühle. Er hatte immer noch nichts gegessen. Die Wunde am Finger hatte sich zudem entzündet.
Als die anderen erfuhren, dass er die Verpflegungstonnen nicht gefunden hatte, wurde die Aufregung noch größer. Leider konnte Herrmann ihnen in diesem Moment nichts von der Freilassung seiner Gier und dem schönen goldglänzenden Hecht erzählen. Wahrscheinlich hätten sie ihn ins eiskalte Wasser geworfen, wenn sie die Kraft dazu gehabt hätten. Der Hecht hätte gut geschmeckt.

Krabbenhorst analysierte haarscharf, dass die Gummistiefel, das Messer und der Ölkanister und die Sache

mit dem verstellten Piktogramm doch miteinander zusammenhängen könnten, auch mit dem Verschwinden ihres Medizinbeutels.
Doch was nützte ihnen das? Sie hatten noch ein paar alte, verschrumpelte Kartoffeln und ein paar Teebeutel. Sie waren mitten in der Wildnis. Und der Sturm wurde immer stärker.

Henry verbrannte den ersten Trauerpfahl. Er hatte sogar schon sein Zelt abgebaut.
Plötzlich rief Krabbenhorst:
„Nicht verbrennen, wir bauen Katamarane. Wir verbinden die zwei schwarzen Kanus und die anderen drei weißen mit den geschälten Stämmen. Dann spannen wir unsere Einmannzelte davor. Der Wind bläst von Nordwest. Wir segeln zur Siedlung unten an der Staumauer."
Herrmanns Augen leuchteten auf.
Krabbenhorst, der Kapitän des Wissens, war genial. Das war ein geistiger Hechtsprung, den er da ablieferte. Henry war verdutzt und verstand nicht mehr so ganz, wieso Tangoholger, Krabbenhorst und Herrmann ihm die restlichen vier Trauerpfähle freundlich aus der Hand nahmen. Aber bereitwillig und gutmütig, wie er immer war, ließ er sie ihnen.
Krabbenhorst hatte es ihm noch etwas erleichtert:
„Wir machen zwar kein wärmendes Feuer aus unseren Verlusten und Niederlagen, aber dafür bauen wir daraus ein sicheres Boot, mit dem wir schneller vorwärtskommen."
Der Zauberlehrling wusste nicht so recht, was er davon halten sollte. Aber das Argument vom Kapitän des Wissens stimmte, und die Segelidee war spannend. Er wollte mitmachen.

Angst zu verhungern hatte der Zauberlehrling nicht. Gerade gestern hatte er mit dem alten Meister noch einmal gut gegessen. Er war ja davon ausgegangen, dass Nachschub käme, und so hatten sie die schmackhaften Reste fröhlich verputzt.

Während sie im strömenden Regen ihre Zelte abbauten und die Katamarane fertig stellten, ging Herrmann zum Hechtkopf. Er blickte dem Dämonen in die Augen. Dann warf er ihn ins Feuer. Er holte die fünf Hechtzähne aus seinem Anorak heraus, dann seine Porzellanschüssel, den Stößel und den Milchzucker. Als der Zauberlehrling ihn so sah, sagte er:
„Hier, habe ich gefunden, ich dachte, der gehört Tangoholger", und reichte dem Hechtjäger den Zettel.
Herrmann las vor sich hin:
„Lege zunächst 2 g Milchzucker in die Schüssel, reibe ein wenig vor, damit die Poren des rauen Gefäßes ein wenig gefüllt sind. Lege die ganze Menge des zu Verreibenden mit dazu und vermenge es kurz und beginne zu verreiben."
Vor seinem geistigen Auge erschienen die Beduinen, die er letztes Jahr im Fernsehen gesehen hatte. Die weisen Wüstenbewohner töteten Skorpione rösteten und pulverisierten sie und vermischten sie mit Kaffee. Dann gaben sie sie ihren Kleinkindern als Impfstoff.

Er saß unter der Küchenplane und rührte wie in Trance. Er hielt sich genau an die Anweisungen auf seinem Zettel. Er durfte keinen Fehler machen. Die Dosis musste genau stimmen. Die Männer sollten genug Biss, nicht zu viel und nicht zu wenig kriegen, um das, was vor ihnen lag, mit Kraft zu bewältigen. Sie sollten keine idiotische Heldentour veranstalten und ihr Leben fahrlässig riskieren. Kraft gepaart mit Achtsamkeit war sein Ziel. Meditative Innenschau hatten sie lange genug betrieben.

Herrmann kam sich auch vor wie ein weiser Beduine als er die Hechtzähne in der Pfanne röstete. Danach ließ er sie in die Schüssel gleiten.
Einen für den alten Henry, einen für den Tänzer, einen für Krabbenhorst, einen für den Zauberlehrling und einen für sich selbst.
„Wie man verreibt, muss man selbst herausfinden, links oder rechts herum", las er weiter.
Er musste nur die homöopathische Erstverschlechterung mit einkalkulieren. Herrmann war sich fast sicher, dass sie auf keinen neuen kollektiven Heldentrip kamen.

Er hatte ihnen dieses Jahr schon in Hamburg und in Stockholm heimlich ein bisschen Asche aus dem Antihelden-Roman des Franzosen in den Kaffee gerieben. Deswegen hatte der auch so bitter und zu stark geröstet, geschmeckt, wie der wissende Krabbenhorst fälschlicherweise dachte.
Er zielte mit seinem Zaubergetränk auf einen Helden ab, der herzliches Mitgefühl und maskuline Körperkraft verbinden konnte. Es war ihm klar, dass das so schwierig war, wie Feuer und Wasser in einer alchemistischen Prozedur zu vereinen. Nur wirkliche Künstler konnten das. Das war seine tiefste, innere Vision.
Herrmann lächelte vor sich hin, als er daran dachte, dass Krabbenhorst darauf reingefallen war.
Jetzt kochte Herrmann einen letzten Cowboykaffee auf der Feuerstelle ihrer wunderbaren Halbinsel in der Wildnis. Dann rührte er sein geheimes schwarzes

Zauberpülverchen hinein. Der Zauberlehrling und zukünftige Krankengymnast hatte ihm inzwischen seinen dicken Finger mit einer Spezialsalbe bestrichen und verbunden, ohne zu fragen, was er da eigentlich machte. Er war zu sehr mit dem Abbauen der Zelte beschäftigt.
Herrmann sprach leise:

„Das Gold, das Glück brachte, soll Brüder einigen. Allen nütze mein Gut!“ dabei dachte er an seine seelischen Narben, die von Verletzungen herrührten, die er sich schließlich oft auch selbst zugefügt hatte.
„Der alte Fluch aus der Edda soll beendet sein.“
Draußen auf dem See tobte der Sturm. Die beiden Katamarane aber waren sicher. Sie konnten nicht untergehen. Die Sicht war grau und diesig.
Sie segelten voll gepackt los, nachdem sie alle noch einmal einen kräftigen heißen Kaffee getrunken hatten. Ab und zu mussten sie Wasser aus den Kanus schöpfen, die durch die schnelle Fahrt voll zu laufen drohten. Sie konnten nur vermuten, dass sie schon am initiatischen Felsen vorbei waren. Hinter ihnen lag die engste Stelle des Sees. Auf der anderen Seite in der Sandbucht hätten die Verpflegungstonnen liegen sollen. Sie wollten aber keinen Umweg machen, um nicht aus der Hauptströmung des Windes zu kommen.
Das Elchjägergehöft ließen sie auch links liegen.
Sie wollten mit der ganze Sache, die zwischen den Naturschutzbehörden, dem Elchjäger und dem Kanuverleiher ablief, nichts mehr zu tun haben.

Krabbenhorst, Tangoholger und der alte Henry segelten im Dreierkatamaran vorneweg. Den alten Meister hatten sie in das Kanu gesetzt, das in der Mitte zwischen den

beiden anderen festgezurrt war. Der Meister sollte ihnen nicht im letzten Moment noch abhanden kommen.
Krabbenhorst konnte mit seinem elektronischen Kompass - dem Global Positioning System- genau bestimmen, auf welchen topografischen Koordinaten sie sich befanden.
Sie wurden trotzdem nass. Der Zauberlehrling und Herrmann kamen im Zweierkatamaran hinterher.
Bei allen konnte man an der Kiefermuskulatur erkennen, dass sie genug Biss hatten, die Strapaze durchzustehen.
Sie brauchten sechs Stunden bis zur Siedlung. Mit Paddeln hätten sie das Dreifache an Zeit gebraucht.

Bei der Siedlung erwartete sie der Elchjäger am Bootssteg unten an der Staumauer. Freundlich blickte er den fünfen entgegen und bat sie die Kanus hier zu lassen. Er würde den Kanuverleiher anrufen. Er müsse mit ihm sowieso etwas klären, ihm fehlten drei Rentiere.
Dann wies er ihnen den Weg zum Drugstore, damit sie sich für die Heimfahrt mit Proviant eindecken konnten. Er bot sogar an, sie zum nächsten Überlandbus zur Europastraße 6 zu fahren. Der würde sie zu ihrem Bummelexpress Richtung Stockholm bringen.
Über Schotterpisten und kleine geteerte Landstraßen ging es zurück. Als sie in den modernen, klimatisierten Bus einstiegen, grinste der Elchjäger und verabschiedete sie mit einem „Good bye!“

Auf neuen Wegen

Als es immer weiter bergauf ging wurde Herrmann schlecht. Schon als Schuljunge hatte er das Busfahren nicht vertragen. Er musste sich übergeben.
Vielleicht hatte er zu schnell zu viel Kaffee getrunken, oder war dies die homöopathische Erstverschlechterung ?

Als der Bus anhielt, um Pause zu machen, wunderte sich Tangoholger als Erster, dass er Schneeberge in der Ferne sah. Stutzig geworden, fragte er den Fahrer, wo es denn hinginge. Der antwortete ruhig und gelassen:
„Norway!"
Was war das?
Waren sie auf der falschen Straßenseite eingestiegen?
Oder hatte sich der Elchjäger einen üblen Scherz erlaubt?

Jetzt konnten sie nicht mehr umkehren. Über steile Passstraßen ging es immer höher. Leichenblass saßen Herrmann und der Zauberlehrling im Bus und versuchten, nicht in die Schluchten und Abgründe des schwedisch-norwegischen Zentralgebirges zu blicken. Krabbenhorst, Tangoholger und Henry machte das Ganze nicht so viel aus. Sie waren auf dem Weg zum Städtchen Mo i Rana in Norwegen.
War das der Weg, den der alte Bettelmönch beschrieben hatte?
„Männer müssen barfuß über spitze Steine und blumige Wiesen gehen?", fragte sich Herrmann.
Er hatte sich das anders vorgestellt. Er war immer noch ein wenig romantisch.
Nach einer 24-stündigen Tag- und Nachtfahrt, die sie an herrlichen Fjorden vorbei über Trondheim nach

Oslo brachte, stiegen die fünf Tänzer der Wildnis total übermüdet und erschöpft aus.
Der Zauberlehrling und Herrmann hatten die Fjordblicke nicht genießen können.

Sie steuerten ein Lokal an. Es waren fast nur Frauen darin - ein ungewöhnlicher Anblick. Die Augen der fünf Männer schauten verstohlen und hungrig auf die Hintern, Busen, Gesichter und Oberschenkel. Herrmann dachte an die Blondine vom Elchjäger. Krabbenhorst wusste, dass die Frauen in Norwegen das öffentliche Leben bestimmten wie die Männer in der Türkei.

Am frühen Nachmittag bestiegen sie das große Fährschiff „Princess Ragnhild", das sie nach Kiel bringen sollte.

Als das Schiff mit fast 1000 Passagieren ablegte, hatten die fünf das mulmige Gefühl, das erste Mal nun erst recht unentrinnbar in einer Falle zu sitzen. Das schwimmende Kaufhaus mit seinen zehn Stockwerken und dem dazugehörigen Fahrstuhl schob sich langsam durch die flache ausgebaggerte Osloer Bucht mit ihren tausend Schären und Unterwasserfelsen. Die Schlafkabinen glichen klimatisierten Konservendosen. Enge, steile Treppen führten zu den unterschiedlichen Etagen. Tangoholger, der Umweltingenieur, schätzte das ganze Gefährt gefährlicher ein als einen illegalen einwandigen 200000 Tonnen schweren Rohöltanker. Die Rettungsboote des Fährschiffes sahen unwirklich klein und mit Lackfarbe notdürftig überkleckert aus, so dass man sich auf einem asiatischen Seelenverkäufer wähnen könnte, ergänzte Krabbenhorst, der es ja wissen musste.

Auf solch einem Massensarg gab es kein Entrinnen, wenn ein Brand ausbrach oder das Ding umkippte. Warum waren diese Dinger noch erlaubt?

Krabbenhorst begutachtete schon die Cocktailbar. Die war die ganze Nacht geöffnet. Herrmann bemerkte selbstironisch, dass nur Alkoholiker bei einem Unfall eine Überlebenschance hätten. Denn die würden sich garantiert am Tresen genau dieser Bar voll laufen lassen und nicht in ihren Betten liegen. Die Schiffsband begann einen morbiden Tango zu intonieren - der Tänzer horchte auf.

Vermächtnisse

Der Zauberlehrling überraschte die anderen:
„Wir können doch jetzt die Todesübung nachholen, wir sind ja in der Wildnis unterbrochen worden."
Und setzte hinzu:
„Bei einem solchen Schrottschiff, weiß man ja nie."
Heinrich begann die Lehren seines Meisters zu wiederholen:
„Der Tod ist der mächtigste Verbündete, den ein erwachsener Mann hat. Auch wenn ihr das nicht glauben wollt.
Was möchtest du noch in diesem einen Jahr tun? Wozu hast du Lust ?
Was macht Sinn?" und dann betonte er bedeutungsvoll:
„Bedenkt, was auf eurem Grabstein stehen soll.
Welcher Satz, der darin eingemeißelt ist, sagt etwas über einen Wert aus, für den ihr steht?
Wovon seid ihr überzeugt gewesen in eurem Leben? Was wollt ihr an die Nachkommenden weitergeben?
Ihr könnt sogar überlegen, wer bei der Beerdigung dabei sein soll."
Und dann fügte er grinsend hinzu:
„Na, Herrmann,
wie stirbt der weiße Mann?
Wie stirbt der rote Mann?"

Herrmann reagierte sofort.
„Auf diesem Todesschiff wird mir bewusst, wie wichtig die Übung ist. Du hast Recht, es kann schon nach dem nächsten Cappuccino vorbei sein. Lass mich nur noch den Schaum umrühren. Kannst du nicht selbst anfangen?

Was würdest du denn tun, wenn du nur noch ein Jahr zu leben hättest?
Was würde auf deinem Grabstein stehen?
Wie soll deine Beerdigungsfeier aussehen?
Hast du schon ein Testament gemacht? Werden wir was erben?
Deine Sandalen?
Dein Rentiergeweih?" forderte Herrmann lachend den Jungen auf.
Er wollte Zeit gewinnen.
„Wer nicht stirbt, bevor er stirbt, der verdirbt, bevor er stirbt", ließ sich der Zauberlehrling nicht aus der Ruhe bringen.
„Ist das von dir?", fragte Krabbenhorst.
Und Herrmann dachte: Das riecht nach altem Bettelmönch.

„Nee, von Jakob Böhme, einem christlichen Mystiker aus dem Mittelalter."
Die Augen des alten Zenmönchs leuchteten auf. Diesen Grabspruch fand er sehr gut.
„Auf meiner Beerdigung möchte ich, dass ihr die Maultrommel, den schwedischen Dudelsack und meine Lieblingsflöte ertönen lasst. Aber bitte übt rechtzeitig, damit ich mich nicht im Grab umdrehen muss", sprach der gutgelaunte Heinrich.

„My name was not Henry. They called me Harry", kicherte der alte Meister verrückt und sprach weiter:
„Nein, Männer. Ich würde darauf schreiben:
Für meinen Sohn
Ich gebe dir meinen Segen.
Ich vertraue dir, Du gehst Deinen Weg.
Wenn du fällst, helfe ich dir wieder auf.

Ich werde dich beschützen, bis du dich selbst beschützen kannst.
Du bist etwas Besonderes für mich.
Ich gebe dir die Erlaubnis
So zu sein wie ich,
Aber ebenso erlaube ich dir
Weniger zu sein
Und mehr zu sein als ich.
Ansonsten würde ich, wenn ich noch ein Jahr zu leben hätte, zu meinem alten Meister nach Japan gehen.
Es gibt da einen Berg.
Im Übrigen bin ich nur auf die Welt gekommen, um ein paar gute Worte über den Tod zu sagen..."

Sie schwiegen einen Moment

„Te Quiero.
Viva La Muerte.
Ich liebe dich.
Es lebe der Tod
Soll auf dem Grabstein stehen", unterbrach Tangoholger die Stille und strahlte.
„Und deine Beerdigung?"
Der Zauberlehrling wollte mehr wissen.
„Musik. Don't cry for me, Argentina. Die Schmonzette über Evita Perron muss auf jeden Fall kommen. Und Herrmann muss mit einem Männerchor „I am the weaver, I am the woven one" singen."

Jetzt war der Hechtjäger an der Reihe.
„Wie stirbt der weiße Mann?
Wie der rote Mann? Gute Frage!

Ich will in einem Sarg beerdigt werden. Und oben auf das Grab soll ein Kreuz kommen. Aber der obere Balken muss in die Mitte versetzt werden. Mir hängt der obere Balken beim christlichen Kreuz zu hoch, zu sehr im Himmel. So, mit dem versetzten Balken, zeigt das Kreuz die vier Himmelsrichtungen und die vier Kräfte an - wie auf dem indianischen Medizinrad. Die Kräfte, die ein reifer und erwachsener Mann kennen sollte. Den Magier im Westen, der nach innen schaut. Den König im Norden, der mit Macht umgehen kann. Den Krieger im Osten, der das Feuer für kraftvolle Entscheidungen besitzt, und den spielenden Liebhaber im Süden.
Der rote Mann lebte ja in einer für uns ungewöhnlichen Nähe zur Natur. Er kannte das Gefühl der Zugehörigkeit und was noch entscheidender ist:
Er wusste, dass man ihn kannte. Die Bäume kannten ihn, die Tiere kannten ihn, die Sterne kannten ihn. Er konnte von den Tieren, Pflanzen, Steinen als seinen Verwandten sprechen. Sie hörten ihn, er hörte sie.
Er war ein Teil der Erde und des Kosmos. Er sprach mit ihnen und sie mit ihm. Sie waren Zuschauer und Zeugen. Er fühlte sich in der Wildnis zu Hause. Da stirbt es sich natürlich anders, wenn ich wirklich weiß, dass ich zu einer Gemeinschaft gehöre. Anders, als wenn ich mich isoliert und getrennt von allem fühle.
Deshalb soll auf meinem Grabstein stehen:
„Die Wildnis war meine Geliebte.“

„Sollen wir noch einen Hecht einmeißeln?“, kam es trocken von Krabbenhorst.

„Ja, aber einen, der einen tollen Hechtsprung macht.

Oder soll ich mir doch lieber eine Seebestattung wünschen?", sinnierte Herrmann.
„Die Beerdigungsgesellschaft sollte sich auf einem solchen Totenschiff wie diesem hier einfinden. Die Reise von Kiel nach Oslo würde ich spendieren. Die Rückfahrt müssten alle selbst bezahlen.
Und wenn ich noch ein Jahr zu leben hätte, würde ich alles daran setzen, dass die Initiationsreise mit den jungen Männern zustande kommt.
Darüber würde ich gerne ein Buch schreiben. Und verlieben würde ich mich auch noch ganz gerne. Und..." Herrmann wollte noch weitermachen.

„Und, und, und…", ging Tangoholger dazwischen.
Herrmann wurde ihm wieder mal etwas zu gierig. Außerdem war er, der Tänzer, in dieser Runde für das Verlieben zuständig.

„Und was würdest du machen, wenn du nur noch ein Jahr zu leben hättest, Horst?" setzte der Zauberlehrling hinterher. Er begann etwas von Herrmanns Penetranz zu übernehmen.
Hatte er doch zu viel vom Hechtzahnzauberpulver geschluckt?

„Ich würde noch mal mit meinem Bruder auf dem neuen Krabbenkutter zu den Nordfriesischen Inseln fahren und Granat fangen."
Herrmann überlegte kurz, warum Krabbenhorst zwar Krabbenkutter sagte, aber dann doch die Krabben als Granat bezeichnete. Aber irgendein Geheimnis gab es immer im Leben.

„Meine Kinder und meine Frau sind gut versorgt. Was will ich mehr! Ansonsten sehe ich das wie Herrmann. Die Naturwissenschaftler haben ja jetzt endgültig ihre anthropozentrische Weltsicht aufgegeben und herausgefunden, dass wir unser Erbgut mit allem teilen, was da kreucht und fleucht, wächst und gedeiht."
„Was heißt denn anthropozentrisch?" fragte der eifrige Zauberlehrling.

„Na ja. Rein menschenbezogen. Die Wissenschaftler haben herausgefunden, dass bestimmte Aminophosphate von Anfang an im Kosmos herumschwirrten. Das heißt, dass es einen großen Geist gibt, unabhängig von deinem Gehirn. Menschen sind nur eine besondere Spielart der Schöpfung. Nicht mehr und nicht weniger."
Das hatte Heinrich sowieso schon immer geglaubt.
Warum musste Krabbenhorst immer so wissenschaftlich sein. Herrmann aber fühlte sich darin bestätigt, dass auch der Hecht einen Funken Gottes in sich hatte, obwohl er sich manchmal auf der Jagd nach jungen Entenküken wie Loki der Teufel benahm.
Es war später Nachmittag. Sie waren auf offener See - kein Land weit und breit - als die Alarmsirene Feueralarm auslöste. Die Sprinkleranlage ging kurz an, dann wieder aus. Sofort kam aber über Bordlautsprecher die Entwarnung. Es war ein Fehlalarm gewesen. Irgendjemand musste auf der Toilette geraucht haben. Herrmann kam angerannt und beteuerte, wirklich keine neuen homöopathischen Textstellen aus Albert Camus` „Die Pest" für einen Abschiedskaffee verbrannt zu haben. Krabbenhorst glaubte trotzdem, ein diabolisches Lokigrinsen in Herrmanns Gesicht erkannt zu haben.

Plötzlich verkündete der Bordlautsprecher den Passagieren die Botschaft „Mann über Bord“. Sie müssten die Fahrt verlangsamen. Es gebe keinen Grund zur Panik. Irgendwer musste aber doch genau aus Panik vor einem Brand bei der vorhergehenden Ansage über die Reeling gehopst sein. Hoffentlich hatte er sich nicht das Genick gebrochen.

Herrmann sah jemanden unter sich im Meer. Ein Mann rief um Hilfe.

Der Hechtjäger zog sich ruhig aus.

30 Passagiere beobachteten ihn neugierig, wie er mit seinem kleinen Hängebauch und seinen karierten Boxershorts da stand. Er atmete in der vom Meister Henry und seinem Zauberlehrling Heinrich empfohlenen Art und Weise tief durch, damit nichts passieren konnte.

Dann gab er sich selbst noch ein paar klatschende Ohrfeigen. Jetzt war er wach.

Er ergriff einen Stuhl, kletterte auf die Reeling und legte einen eleganten Hechtsprung aus zwölf Meter Höhe hin. „Aaaaahhhhhs“ und „Ohhhhhhs“ gingen durch die Menge.

Dinner bei Frau Kapitän

Am Abend saßen die fünf mit dem Kapitän, der eine Frau war, bei Kerzenschein beim Dinner.
Es gab irischen Wildlachs mit Shrimps, die sehr gut schmeckten, aber natürlich einem Vergleich mit selbst gepultem Granat vom Fangschiff von Krabbenhorsts Vater nicht standhielten.
Herrmann war der Held des Tages.
Er hatte den verletzten Mann tatsächlich aus dem Wasser gefischt - trotz seiner Wunde am Finger, die besonders schmerzte, weil sie mit Salzwasser in Berührung gekommen war.
Sie wurden vom ersten Ordonnanzoffizier bedient.
Vorher waren sie noch auf der Kommandobrücke gewesen. Krabbenhorst hatte mit der Frau Kapitänin einen lebhaften Austausch über die computer-gesteuerte Ruderanlage. Er verglich sie mit der vom neuen Fangschiff seines Bruders, das eine Million Euro gekostet hatte. Sowohl die Passagierfähre, wie auch der Krabbenkutter, hatten kein großes Steuerrad mehr, sondern nur noch einen Joystick, einen kleinen Knüppel, den man mit zwei Fingern bewegen konnte, um das Schiff auf seinem Kurs zusammen mit dem Autopiloten leicht korrigieren zu können.
Krabbenhorst überprüfte noch mit Hilfe seines speziellen Kompasses, ob sie auch wirklich auf einer Position lagen, die Richtung Kiel zeigte.
Die Musiker, die von Frau Kapitän zum Dinner befohlen waren, spielten einen Tango.
Tangoholger stand auf und ging auf die Chefin zu.
Erstauntes Raunen ertönte in der Runde der Offiziere und Unteroffiziere, die auch dazugekommen waren. Das hatte noch keiner gewagt.

Herrmann fragte:
„Wer steuert eigentlich jetzt den Kahn?"
„Die haben den Autopiloten auf 100 Prozent eingeschaltet", klärte ihn Horst so nebenbei auf.

Dann legten der Umweltingenieur und die Dame los.
Die anderen konnten nicht erkennen, wer führte und wer fühlte.
Als die fünf Abenteurer wieder mit ihren voll geladenen Tellern vom reichhaltigen Büfett an die Tafel zurückkamen, erhob der Zauberlehrling sein Sektglas und verlas ein Gedicht, das er für den Helden des Tages verfasst hatte.
Ab und zu blickte er zum alten Meister:

„Huvudhopp
Hechtsprung

Ursprunglig symbolisk trolldom
Ursprünglicher Symbolzauber

Alla människa
som hade att bestämma sig
eller visste inte vad blir ske i framtiden,
skulle först se
om han kunde våga „hoppen i kall vatten".
Jeder Mensch,
der eine wichtige Entscheidung zu treffen hatte
oder nicht wusste, was die Zukunft bringt,
sollte zuerst sehen,
ob er den „Sprung ins kalte Wasser" wagen würde.

Bar skulle han hopp på huvudet
från stenens topp därborta.

Den man som klarade detta
kunde i är överträffav förtrogenen
och ställa sig obekandet.
Nackt sollte er kopfüber von der Spitze
des Hechtfelsens dort springen.
Derjenige, der das fertig brachte,
konnte in Ehren das Vertraute hinter sich lassen und sich dem Unbekannten stellen.
Namnet „Gäddhopp“ förmodligen häröra från det,
att i bukten gång på gång blir sett
ovanlig stor i åldrig gädden.
Synas sådan vis gädden under ritualen
finns det styrka och lycka för rådsökaren.
Der Name „Hechtsprung“ stammt vermutlich daher,
dass in der Bucht immer wieder außergewöhnlich große
und alte Hechte gesehen werden.
Erscheint solch ein „weiser Hecht“ beim Ritual,
gibt dies Stärke und Glück für den Ratsuchenden.

„Gäddhopp“ - så kallas huvudhoppen
hos tysk nybyggaren vilken hade använts
symbolisk trolldomen medveten för det första.
Hoppen själv göra i synnerhet männen
på århundraden.
„Hechtsprung“ - so hieß der Kopfsprung
bei den deutschen Siedlern, die diesen Symbolzauber
erstmals bewusst genutzt haben.
Den Sprung selber machen besonders Männer
seit Jahrhunderten.

Hopp på egen risk.
Springen auf eigene Gefahr.

Herrmann war erheitert und kicherte etwas verrückt, wie Henry.

Dann schob der Lehrling noch einen Text hinterher, den Herrmann für diesen Rahmen allerdings nicht ganz so angebracht fand.

„Verwandlung
Ein Hecht schwimmt im Wasser
Auf der Suche nach Beute
Jäger
Blinker raus
Biss
Beute
Kescher
Schlag
Toter Hecht
Eingeweide raus
Kopf ab
Schwanz ab
Stück Fisch
Gräten raus
Fischfilet
Braten
Fischessen
Irgendwann erwischt es auch den Jäger
Guten Appetit!“

Dann überreichte er Herrmann eine Art Urkunde mit einem selbst gemalten Hecht und grinste wie ein diebischer Loki. Dabei hatte er das Barfußamulett des Mitgefühls seines alten Meisters umhängen.

Die fünf schlugen sich die Bäuche voll. Gefastet und gehungert hatten sie in der Wildnis zur Genüge. Nach dem opulenten Mahl kam der alte Meister an die Reihe. Würdevoll erhob er sich und humpelte um den Tisch herum, bis ihn alle gut sahen.
Dann begann er, wobei er auf sein mit Rotwein gefülltes Glas zeigte.
„Ein solches Gefäß hat wie ein Kelch nur einen Zweck: alle daraus trinken zu lassen. Der Wein in einem solchen Kelch, kann sowohl sauer als auch lieblich sein. Wir wissen das erst, wenn wir davon getrunken haben. Der Eingeweihte genießt beides mit gleicher Freude."

Dann reichte er das Glas herum.

Alle nippten daran, als wären sie beim Abendmahl in der katholischen Kirche. Als das Glas zu Herrmann kam, schob sich der Zauberlehrling dazwischen und ersetzte das Glas Wein, ohne dass es die Offiziere merkten, durch ein Glas mit Mineralwasser und Himbeersirup.
Der Bordfotograf fotografierte das Ganze.

Die Sonne stand hoch und gleißend im Zenit, als sie am nächsten Mittag bei hochsommerlichen Temperaturen am Norwegenkai in Kiel anlegten. Ein Reporter drückte Herrmann die neueste Ausgabe der Kieler Morgenpost in die Hand. Auf dem Titelblatt waren Krabbenhorst, der alte Henry, Tangoholger, neben ihm die Frau Kapitänin, der stolze Zauberlehrling mit Barfußamulett und Herrmann mit seinem dick verbundenen Finger zu sehen.

Die Bildüberschrift in riesigen Lettern lautete:

„53-Jähriger rettet mit tollkühnem Hechtsprung jungem Mann das Leben!“

Für den Spätherbst so um Allerheiligen verabredeten sie sich für ein Wochenende mit den zu initiierenden Jungmännern. Der alte Henry würde nicht mehr mitkommen.

Er ging zurück nach Japan auf seinen Berg.

Anhang

Reinhold Hermann Schäfer,
Spezialcoach für Männer, Schauspieler,
Regisseur, Autor

2001
MännerQuest.
Die Reise ins Herz des Mannes.
Sachbuch mit autobiografischen Teilen
über Initiation und moderne Männer
Arun-Verlag
ISBN 3-927940-93-3
EUR 15,50

2004
Die Hechtzauberer
Erzählung für Mentoren
Edition Octopus
ISBN 3-86582-011-5
EUR 15,50

Kontakt

Reinhold Hermann Schäfer
MännerQuest®
Übergangsrituale für junge Männer
Naturseminare & Spezialcoaching für erwachsene Männer
Schierker Straße 2
28205 Bremen
Telefon: 0421- 440287
eMail: info@rschaefer.com
www.maenner-initiation.de oder
www.maennerquest.de

Weitere Kontakte

Verein für initiatorische Männerkultur e.V.
Jan Martin Fehr
Ladenburgerstr. 54
69120 Heidelberg
Telefon 06221-136033
eMail: fehrjm@gmx.net

Knut Trobitius
Heinheimer Straße 41
64289 Darmstadt
Telefon 06151-75898
eMail: k.trobitius@gmx.de

Visionsreisen für junge Männer
Jürgen Christian
Mühlhäuser Straße 18
64747 Breuberg
Telefon 06165 - 1395
eMail: j.christian@t-online.de
www.maenner-vision.de

Alwin Graf
almagraf@gmx.de
www.maenner-vision.de

Väter und Söhne-Projekte
Tom Hey
Bischofswerder 7
01099 Dresden
Telefon 0351-2039584
eMail: hey.tom@gmx.de

Naturrituale für junge Männer
Stefan Gasser-Kehl
Büttenenstraße 11
CH- 6006 Luzern
Schweiz
Telefon 0041- 41370-5921
eMail: gasserkehl@hotmail.com